Duelo

Eduardo Halfon
Duelo

Premio de las Librerías de Navarra
Prix du Meilleur Livre Étranger
Edward Lewis Wallant Award
International Latino Book Award

Libros del Asteroide

Primera edición, 2017
Sexta reimpresión, 2022

Fotografía de cubierta: © Larry Lilac/Alamy Stock Photo

Publicado por Libros del Asteroide S.L.U.
Avió Plus Ultra, 23
08017 Barcelona
España
www.librosdelasteroide.com

ISBN: 978-84-17007-19-5
Depósito legal: B. 16.542-2017
Impreso por Kadmos
Impreso en España - Printed in Spain
Diseño de colección: Enric Jardí
Diseño de cubierta: Duró

Este libro ha sido impreso con un papel ahuesado,
neutro y satinado de ochenta gramos, procedente de bosques
correctamente gestionados y con celulosa 100 % libre de cloro,
y ha sido compaginado con la tipografía Sabon en cuerpo 11,5.

Para ti, Leo,
que llegaste de madrugada
con un colibrí

Y les daré un nombre imperecedero.

ISAÍAS 56:5

Se llamaba Salomón. Murió cuando tenía cinco años, ahogado en el lago de Amatitlán. Así me decían de niño, en Guatemala. Que el hermano mayor de mi padre, el hijo primogénito de mis abuelos, el que hubiese sido mi tío Salomón, había muerto ahogado en el lago de Amatitlán, en un accidente, cuando tenía mi misma edad, y que jamás habían encontrado su cuerpo. Nosotros pasábamos todos los fines de semana en el chalet de mis abuelos en Amatitlán, a la orilla del lago, y yo no podía ver ese lago sin imaginarme que de pronto aparecía el cuerpo sin vida del niño Salomón. Siempre me lo imaginaba pálido y desnudo, y siempre flotando boca abajo cerca del viejo muelle de madera. Mi hermano y yo hasta nos habíamos inventado un rezo secreto que susurrábamos en el muelle —y que aún recuerdo— antes de lanzarnos al lago. Como una especie de conjuro.

Como para ahuyentar al fantasma del niño Salomón, por si acaso el fantasma del niño Salomón aún estaba nadando por ahí. Yo no sabía los detalles de su accidente, y tampoco me atrevía a preguntar. Nadie en la familia hablaba de Salomón. Nadie siquiera pronunciaba su nombre.

No fue difícil llegar al chalet que había sido de mis abuelos, en Amatitlán. Primero pasé la entrada de siempre a los baños termales, luego la antigua gasolinera, luego la misma y extensa plantación de café y cardamomo. Pasé frente a una serie de chalets que se me hicieron muy familiares, aunque todos o casi todos ya abandonados. Reconocí la roca —oscura, inmensa, empotrada en el costado de la montaña— que de niños creíamos tenía la forma de un platillo volador. Para nosotros era un platillo volador, despegando al espacio desde esa montaña en Amatitlán. Seguí un poco más sobre la sinuosa y angosta carretera que bordea el lago. Llegué a la curva que, según mi papá, siempre terminaba por marearme y hacerme vomitar. Disminuí la velocidad en otra curva más peligrosa, más pronunciada, la cual de inmediato recordé como la última curva. Y antes de dudar, antes de sentirme nervioso, antes de que la aprensión me hiciera dar la vuelta y volver deprisa a la ciudad, ahí estaba delante de mí: el mismo muro de piedra laja, el mismo portón negro.

Estacioné el Saab color zafiro a un costado de la carretera, delante del muro de piedra, y me quedé sentado dentro del viejo carro que me había prestado un amigo. Era media tarde. El cielo parecía una sola masa tupida y parda. Bajé la ventanilla y de inmediato me golpeó un olor a humedad, a azufre, a algo muerto o a punto de morir. Pensé que lo que estaba muerto o a punto de morir era el lago mismo, tan contaminado y podrido, tan maltratado durante décadas, y entonces mejor dejé de pensar y busqué el paquete de Camel en la guantera. Saqué un cigarro y lo encendí y el humo dulzón me fue devolviendo la fe, al menos un poco, al menos hasta que alcé la mirada y descubrí que enfrente de mí, lejano e inmóvil sobre el asfalto de la carretera, había un caballo. Un caballo macilento. Un caballo cadavérico. Un caballo que no debería estar ahí, a media carretera. No sé si siempre estuvo ahí y yo no lo había visto, o si recién había llegado, si recién se había manifestado, como una aparición blanquecina entre tanto verdor. Estaba lejos, aunque lo suficientemente cerca para que yo lograra distinguir cada hueso de sus costillas y caderas y también un espasmo constante en su lomo. Un lazo le colgaba del cuello. Supuse que era el caballo de alguien, de algún campesino de esa zona del lago, y que quizás se había escapado o perdido. Abrí la puerta y salí del carro, para verlo mejor, y el caballo de inmediato alzó una de sus piernas delanteras y se puso a golpear el asfalto. Podía escuchar el ruido de su casco apenas raspando el asfalto. Lo vi bajar la cabeza con dificultad, con demasiado esfuerzo, acaso con el afán de oler o lamer la carretera. Después lo vi tomar dos o tres zancadas lentas y dolorosas hacia la montaña y desaparecer por completo entre los arbustos de la maleza. Lancé el cigarro hacia ningún lado, con tanta rabia como indolencia, y me dirigí hacia el portón negro.

Mi abuelo libanés estaba rondando en el jardín trasero de su casa de la avenida Reforma, alrededor de una piscina ya inútil, ya vacía y rajada, mientras fumaba un cigarro en secreto. Recién había sufrido el primero de sus infartos, y los doctores lo habían obligado a dejar de fumar. Todos sabíamos que fumaba en secreto, allá fuera, alrededor de la piscina, pero nadie le decía nada. Acaso nadie se atrevía. Yo estaba mirándolo a través de la ventana de un cuarto que quedaba justo a la par de la piscina, y el cual alguna vez funcionó como vestidor y salita, pero que ahora no era más que un espacio donde guardar cajas y abrigos y muebles antiguos. Mi abuelo caminaba de un lado al otro del pequeño jardín, una mano detrás de la espalda, escondiendo el cigarro. Estaba vestido con una camisa blanca de botones, pantalón de gabardina gris y pantuflas de cuero negro, y yo, como siempre, me lo imaginé volando en el aire con esas pantuflas de cuero negro. Sabía que mi abuelo había salido de Beirut en 1919, cuando tenía dieciséis años, con su madre y sus hermanos, volando. Sabía que había volado primero por Córcega, donde su madre murió y quedó sepultada; por Francia, donde todos los hermanos se subieron a un barco de vapor en Le Havre, llamado el *SS Espagne*, rumbo a América; por Nueva York, donde un oficial de migración haragán o quizás caprichoso decidió cortar a la mitad nuestro apellido, y también donde mi abuelo trabajó durante varios años, en Brooklyn, en una fábrica de bicicletas; por Haití, donde vivía uno de sus primos; por Perú, donde vivía otro de sus primos; y por México, donde aún otro de sus primos era el proveedor de armas de Pancho Villa. Sabía que al llegar a Guatemala había volado encima del Portal del Comercio —cuando frente al Portal del Comercio aún pasaba un tranvía jalado por caballos o mulas— y abierto ahí un almacén de telas importadas llamado El Paje. Sabía que, en los años sesenta, tras estar secuestrado por guerrilleros durante treinta y cinco días, mi abuelo había regresado a su casa volando. Y sabía que una tarde, al final de la avenida Petapa, a mi abuelo lo había atropellado un tren, lanzándolo al aire, o quizás lanzándolo al aire, o al menos para mí, para siempre, lanzándolo al aire.

Mi hermano y yo estábamos tumbados en el suelo del cuarto, entre cajones y maletas y lámparas viejas y sofás empolvados. Hablábamos en susurros, para que mi abuelo no nos descubriera escondidos ahí dentro, husmeando entre sus cosas. Llevábamos varios días viviendo en la casa de mis abuelos en la avenida Reforma. Pronto nos iríamos del país, a Estados Unidos. Mis papás, después de vender nuestra casa, nos habían dejado donde mis abuelos y habían viajado a Estados Unidos, a buscar casa nueva, a comprar los muebles, a inscribirnos en el colegio, a preparar allá todo para la mudanza. Una mudanza temporal, insistían mis papás, sólo mientras mejoraba la situación política del país. ¿Qué situación política del país? Yo no terminaba de entender eso de la situación política del país, pese a estar ya acostumbrado a dormirme con el sonido de bombas y tiroteos en las noches; y pese a los escombros que había visto con un amigo en el terreno detrás de la casa de mis abuelos, escombros de lo que había sido la embajada de España, me explicó mi amigo, al ser ésta incendiada con fósforo blanco por las fuerzas del gobierno, matando a treinta y siete funcionarios y campesinos que estaban dentro; y pese al combate entre el ejército y unos guerrilleros justo delante de mi colegio, en la colonia Vista Hermosa, que nos mantuvo a todos los alumnos encerrados en un gimnasio el día entero. Tampoco terminaba de entender cómo podía ser una mudanza temporal si mis papás ya habían vendido y vaciado nuestra casa. Era el verano del 81. Yo estaba a punto de cumplir diez años.

Mientras mi hermano batallaba por abrir un enorme y duro estuche de cuero, yo le estaba tomando tiempo en el reloj digital que hacía unos meses me había regalado mi abuelo. Era mi primer reloj: un Casio bultoso, con pantalla grande y correa de hule negro, que me bailaba en la muñeca izquierda (siempre he tenido muñecas demasiado delgadas). Y desde que mi abuelo me lo había regalado yo no podía parar de cronometrarlo todo, de tomarle tiempo a todo, tiempos que iba anotando y comparando en un pequeño cuaderno espiral. Por ejemplo: cuántos minutos duraba cada siesta de mi papá. Por ejemplo: cuánto tiempo le tomaba a mi hermano lavarse los dientes en la mañana vs. antes de dormir. Por ejemplo: cuántos minutos tardaba mi mamá en fumarse un cigarro hablando por teléfono en la sala vs. tomando un café en el pantry. Por ejemplo: cuántos segundos había entre los relámpagos de una tormenta que se acercaba. Por ejemplo: cuántos segundos podía aguantar yo el aliento bajo el agua de la tina. Por ejemplo: cuántos segundos podía sobrevivir uno de mis peces dorados fuera del agua de la pecera. Por ejemplo: cuál era la manera más rápida de vestirme en las mañanas antes de salir al colegio (primero calzoncillo, luego calcetines, luego camisa, luego pantalón, luego zapatos vs. primero calcetines, luego calzoncillo, luego pantalón, luego zapatos, luego camisa), porque entonces, si lo descifraba, si encontraba la manera más eficiente de vestirme en las mañanas, lograría dormir unos minutos más. Mi mundo entero había cambiado con aquel reloj de hule negro. Podía ahora medir cualquier cosa, podía ahora imaginarme el tiempo, capturarlo, aun visualizarlo en una pequeña pantalla digital. El tiempo, empecé a creer, era una cosa real e indestructible. Todo en el tiempo sucedía como una línea recta, con un punto de inicio y un punto final, y yo ahora podía ubicar esos dos puntos y medir la línea que los separaba y escribir esa medida en mi pequeño cuaderno espiral.

Mi hermano seguía tratando de abrir el estuche de cuero, y yo, mientras lo cronometraba, sostenía en las manos una foto en blanco y negro de un niño en la nieve. La había encontrado en una caja llena de fotos, algunas pequeñas, otras más grandes, todas antiguas y maltratadas. Se la mostré a mi hermano, que seguía golpeando el cerrojo del estuche con el pie, y él me preguntó quién era el niño de la foto. Le dije que ni idea, mirando la imagen de cerca. El niño parecía demasiado pequeño. No daba la impresión de estar contento en la nieve. Mi hermano me dijo que había algo escrito detrás de la foto y le dio una última patada al estuche y éste de inmediato se abrió. Adentro había un acordeón enorme, relumbrante en rojos y blancos y negros (tan relumbrante que hasta olvidé detener el cronómetro). Mi hermano presionó las teclas y el acordeón hizo un escándalo justo en el momento en que yo leí lo que estaba escrito detrás de la foto: Salomón, Nueva York, 1940.

Desde la piscina mi abuelo nos gritó algo en árabe o tal vez en hebreo y yo dejé la foto tirada en el suelo y salí corriendo del cuarto limpiándome la mano en la camisa, y esquivando a mi abuelo que aún fumaba en el pequeño jardín, y preguntándome si acaso el niño Salomón que se había ahogado en el lago era ese mismo niño Salomón en la nieve, en Nueva York, en 1940.

No había timbre, ni campana, y entonces sólo golpeé el portón negro con los nudillos. Esperé un par de minutos, y nada. Intenté de nuevo, golpeando más fuerte, y de nuevo nada. Tampoco se oían ruidos. Ni voces. Ni radio. Ni murmullos de alguien jugando o nadando en el lago. Se me ocurrió la posibilidad de que el chalet que había sido de mis abuelos en los años setenta también estuviese ya abandonado y decrépito, como tantos chalets alrededor del lago, todos vestigios y ruinas de otra época. Sentí las primeras gotas de lluvia en la frente y estaba por tocar de nuevo cuando escuché unas sandalias de hule acercándose despacio, del otro lado del portón.

Qué desea, en una voz suave, tímida, femenina. Buenas tardes, le dije recio. Estoy buscando a don Isidoro Chavajay, y me interrumpió un trueno en la distancia. Ella no dijo nada o tal vez sí dijo algo y yo no le oí bien debido al trueno. ¿Sabe usted dónde puedo encontrarlo? Ella de nuevo guardó silencio mientras me caían dos gotas gruesas en la cabeza. Esperé a que se alejara una camioneta llena de pasajeros que pasó rugiendo en la carretera, a mis espaldas. ¿Conoce usted a don Isidoro Chavajay?, le pregunté, oyendo cómo llegaba corriendo un perro del otro lado del portón. Bien, dijo ella. Aquí trabaja.

No esperaba esa respuesta. No esperaba que don Isidoro aún trabajara ahí, cuarenta años después. Había pensado que a lo mejor el nuevo guardián o jardinero podía ayudarme a encontrarlo, a ubicarlo en el pueblo; y si no a él, a don Isidoro, porque ya se había muerto o quizás mudado a otro pueblo, sí al menos a su esposa o a sus hijos. Y de pie ante el portón negro que algún día había sido de mis abuelos, mojándome un poco, se me ocurrió que ese chalet habría tenido ya varios dueños, vaya uno a saber cuántos dueños desde que mis abuelos lo habían vendido a finales de los años setenta, pero siempre con don Isidoro ahí para todos, al servicio de todos. Como si don Isidoro, más que un hombre o un empleado, fuese un mueble del chalet, incluido en el precio.

¿Y está don Isidoro?, le pregunté, secándome la frente y viendo cómo de pronto se asomaba el hocico del perro por debajo del portón. ¿Quién lo busca?, preguntó ella. El perro estaba olfateando mis pies con frenesí, o posiblemente estaba olfateando con frenesí el aroma del caballo blanco en la maleza. Dígale que lo busca el señor Halfon, le dije, que soy el nieto del señor Halfon. Ella no dijo nada durante unos segundos, tal vez confundida, o tal vez esperando a que yo le diera un poco más de información, o tal vez no me había escuchado bien. ¿Quién dice usted que lo busca?, preguntó de nuevo a través del portón. El nieto del señor Halfon, le repetí, enunciando despacio. ¿Perdone?, dijo ella, su tono apagado, algo asustadizo. El perro parecía ahora más enfurecido. Estaba ladrando y rasgando el portón con sus patas delanteras. Dígale a don Isidoro, dije desesperado, casi gritando o ladrando yo mismo, que soy el señor Hoffman.

Hubo un breve silencio. Hasta el perro enmudeció.

Voy a ver si está, dijo ella, y yo me quedé quieto, ansioso, nada más oyendo el sonido de sus sandalias y de la lluvia en la montaña y del perro gruñéndome de nuevo por debajo del portón. A veces siento que lo puedo oír todo, salvo el sonido de mi propio nombre.

No sé en qué momento el inglés reemplazó el español. No sé si lo reemplazó realmente, o si más bien adopté el inglés como una especie de vestimenta que me permitiera ingresar y moverme con libertad en mi nuevo mundo. Apenas tenía diez años, pero acaso entendía ya que una lengua es también una escafandra.

Días o semanas después de haber llegado a Estados Unidos —a un suburbio en el sur de Florida llamado Plantation—, y casi sin darnos cuenta, mis hermanos y yo empezamos a hablar sólo en inglés. A nuestros padres, quienes nos seguían hablando en español, ya sólo les contestábamos en inglés. Sabíamos un poco de inglés antes de salir de Guatemala, por supuesto, pero un inglés rudimentario, un inglés de juegos y canciones y caricaturas infantiles. Fue mi nueva profesora en el colegio, miss Pennybaker, una mujer muy joven y muy alta que corría maratones, quien mejor entendió lo esencial que era apropiarme rápidamente de mi nueva lengua.

El primer día de clases, ya en mi uniforme azul y blanco de colegio privado, miss Pennybaker me paró ante el grupo de niños y niñas y, tras guiarme en el juramento de lealtad a la bandera, me presentó como el nuevo alumno. Luego les anunció a todos que, cada lunes, yo daría un breve discurso sobre un tema que ella me asignaría el viernes previo, y el cual yo debía preparar y practicar y memorizar durante el fin de semana. Recuerdo que, en esos primeros meses, miss Pennybaker me asignó dar discursos sobre mi postre favorito (nieve de mandarina), sobre mi cantante favorito (John Lennon), sobre mi mejor amigo en Guatemala (Óscar), sobre lo que yo quería ser de grande (vaquero, hasta que me caí de un caballo; doctor, hasta que me desmayé al ver sangre en un programa de televisión), sobre uno de mis héroes (Thurman Munson) y sobre uno de mis antihéroes (Arthur Slugworth) y sobre una de mis mascotas (teníamos ahora como mascota a un enorme lagarto; o más bien un enorme lagarto vivía en nuestro jardín; o más bien un enorme lagarto vivía en el canal que corría atrás de nuestra casa, y algunas tardes lo veíamos desde la ventana tendido en el césped del jardín, quieto como una estatua, tomando el sol; mi hermano, por razones que sólo él conocía, lo nombró Fernando).

Un viernes, miss Pennybaker me pidió que preparara un discurso sobre mis abuelos y bisabuelos. Ese sábado en la mañana, entonces, mientras mi hermano y yo desayunábamos y mi papá tomaba café y leía el periódico en la cabecera de la mesa, le hice algunas preguntas sobre sus antepasados, y mi papá me dijo que sus dos abuelos se habían llamado Salomón. Igual que su hermano, exclamé rápido en inglés, casi defendiéndome ante ese nombre, como si un nombre pudiese ser una daga, y la voz lejana de mi papá me dijo en español que sí, que Salomón, igual que su hermano. Me explicó por encima del periódico que su abuelo paterno, de Beirut, se había llamado Salomón, y que su abuelo materno, de Alepo, también se había llamado Salomón, y que por eso su hermano mayor se había llamado así, Salomón, en honor a sus dos abuelos. Yo guardé silencio unos segundos, algo asustado, tratando de imaginarme el rostro de mi papá del otro lado del periódico, acaso del otro lado del universo, sin saber qué decir ni qué hacer con ese nombre tan peligroso, tan prohibido. Mi hermano, también en silencio a mi lado, tenía un bigote de leche. Y ambos seguíamos en silencio cuando de pronto las palabras de mi papá se elevaron como un trueno o mandamiento desde el otro lado del periódico. El rey de los israelitas, anunció, y yo entendí que el rey de los israelitas había sido su hermano Salomón.

Ese lunes, entonces, de pie ante mis compañeros, les dije en mi mejor inglés que los dos abuelos de mi papá se habían llamado Salomón, y que el hermano mayor de mi papá también se había llamado Salomón, en honor a ellos, y que ese niño Salomón, además de hermano de mi papá, había sido el rey de los israelitas, pero que se había ahogado en un lago de Guatemala, y que su cuerpo de niño y su corona de rey seguían allá, perdidos para siempre en el fondo de un lago de Guatemala, y todos mis compañeros aplaudieron.

El número áureo. Eso fue lo primero que pensé al ver el rostro de don Isidoro después de tantos años: en el número áureo. En esa proporción perfecta y espiral que se encuentra en las nervaduras de la hoja de un árbol, en la caparazón de un caracol, en la estructura geométrica de los cristales. Don Isidoro estaba de pie en el viejo muelle de madera, descalzo, sonriendo, sus dientes grises y carcomidos, su pelo completamente blanco, su mirada ya nublada de cataratas, su tez arrugada y oscura tras toda una vida al sol, y yo en lo único que podía pensar era que la longitud total de dos rectas (a + b) es al segmento más largo (a) como éste es al segmento más corto (b).

Briarcliff.

Ése era el nombre del campamento donde pasamos los días de vacaciones del verano del 82, al finalizar nuestro primer año escolar en Estados Unidos. Cada mañana llegaba a buscarnos a casa —en su camioneta Volkswagen, clásica, color amarillo yema— una chica de pelo castaño y rostro pecoso llamada Robyn, quien también nos regresaba a casa por las noches, después de un día entero jugando deportes y nadando en aquel parque de Miami donde estaba Briarcliff. Como los demás empleados del campamento, supongo, Robyn ayudaba en el transporte de todos los niños. Mi hermana generalmente se dormía en el camino, y mi hermano se mantenía en silencio, medio cohibido cada vez que Robyn lo miraba por el espejo retrovisor y le decía que él tenía la sonrisa perfecta. Yo, en cambio, me despertaba cada mañana ya ansioso por verla, por hablar con ella los quince o veinte minutos que duraba el trayecto hacia el parque, y Robyn, en esos quince o veinte minutos, y con la gracia y paciencia de una maestra, iba corrigiendo mi inglés. Eddie, me decía, o a veces Little Eddie. Recuerdo que casi sólo hablábamos de deportes, en especial de béisbol. Ella me decía que su equipo favorito era los Piratas (el mío, los Yankees), y su jugador favorito Willie Stargell (el mío, Thurman Munson). Me decía que jugaba primera base, como Stargell (y yo, cácher, como Munson, hasta que Munson murió en un accidente de avioneta), en un equipo de sólo mujeres. Me decía que dentro de poco, ahí cerca, en Fort Lauderdale, se iniciaría el rodaje de una película de béisbol, y que ella sería la actriz principal. Yo no estaba seguro de haberle entendido bien o si acaso ella bromeaba conmigo, y entonces sólo le sonreía con suspicacia. Un par de años después, sin embargo, me sorprendió verla en la pantalla del cine como actriz principal de una película, junto a Mimi Rogers y Harry Hamlin y un joven Andy García, sobre una chica cuyo sueño era jugar béisbol profesional en las grandes ligas. Robyn, leí en la pantalla, en realidad se llamaba Robyn Barto, y la película —la única que ella llegó a protagonizar—, *Blue Skies Again*.

Una mañana, mientras los niños de Briarcliff nadábamos en la piscina y nos deslizábamos en el enorme tobogán del parque, un hombre se ahogó.

Recuerdo los gritos de los adultos para que todos nos saliéramos del agua, luego el llanto de los niños más chiquitos, luego las sirenas de la ambulancia, luego el cuerpo sin vida del hombre tendido a la par de la pequeña pileta de mantenimiento donde se había ahogado, dos o tres paramédicos a su alrededor, intentando resucitarlo. Yo estaba algo lejos de la escena, aún medio mojado en mi traje de baño, pero por instantes, entre las piernas de los paramédicos, podía vislumbrar el rostro teñido de azul del hombre en el suelo. Un azul pálido, marchito, entre índigo y cerúleo. Un azul que yo no había visto jamás. Un azul que no debería existir en el pantone de azules. Y viendo al hombre en el suelo, yo de inmediato me imaginé al niño Salomón flotando en el lago, al niño Salomón boca arriba en el lago, su rostro teñido ya para siempre del mismo azul.

Esa noche, camino a casa en la camioneta Volkswagen, esperé a que mis hermanos estuviesen dormidos para preguntarle a Robyn qué había pasado con el hombre. Ella se mantuvo callada un buen tiempo, nada más conduciendo en la oscuridad de la noche, y yo pensé que no me había oído o que quizás no quería hablar de eso. Pero después de unos minutos me dijo en susurros que el hombre se había quedado trabado bajo el agua de la pequeña pileta de mantenimiento. Que el brazo derecho del hombre se había quedado trabado, me dijo, mientras él limpiaba el filtro del tobogán. Que el hombre se había ahogado, me dijo, sin que nadie lo viera.

De niños, le creíamos a don Isidoro cuando nos decía que aquello que estaba bebiendo de una pequeña cantimplora de metal —y que olía a alcohol puro— era su medicina. Y le creíamos cuando nos decía que los murmullos de hambre que hacía nuestra panza eran los siseos de una enorme serpiente negra deslizándose allí dentro, la cual entraba y salía por nuestro ombligo mientras dormíamos. Y le creíamos cuando nos decía que los cada vez más frecuentes disparos y bombazos en la montaña eran sólo erupciones del cráter del Pacaya. Y le creíamos cuando nos decía que los dos cuerpos que una mañana amanecieron flotando cerca del muelle no eran dos guerrilleros asesinados y lanzados al lago, sino dos muchachos cualquiera, dos muchachos buceando. Y le creíamos cuando nos decía que, si no nos portábamos bien, en la noche llegaría por nosotros una bruja que vivía en una cueva en el fondo del lago (mi hermano, no sé si por error o broma, le decía la Burbuja del Lago), una cueva oscura donde ella guardaba a todos los niños blanquitos y malcriados que se iba robando de los chalets.

De niños, ayudábamos a don Isidoro a plantar árboles alrededor del jardín. Don Isidoro abría el hoyo con una piocha y luego se hacía a un lado y nos dejaba a nosotros meter el retoño de árbol y volver a llenar el hoyo con tierra negra. Recuerdo que plantamos un eucalipto en la entrada, una hilera de cipreses en el lindero con el terreno vecino, un pequeño matilisguate en la orilla del lago. Recuerdo que, antes de llenar cada hoyo con tierra, don Isidoro nos decía que debíamos acercar nuestra cabeza y susurrar en el hoyo una palabra de ánimo, una palabra bonita, una palabra que ayudara a ese árbol a echar bien sus raíces y crecer (mi hermano, invariablemente, susurraba adiós). Esa palabra, nos decía don Isidoro, quedaría ahí para siempre, sepultada en la tierra negra.

De niños, don Isidoro solía sacarnos a dar una vuelta por el lago, sentados los tres sobre una larga tabla hawaiana, a horcajadas, nuestros pies en el agua. Al distanciarnos lo suficiente del chalet, y pese a las amenazas de don Isidoro, mi hermano y yo nos quitábamos los incómodos salvavidas color naranja y amenazábamos de vuelta con lanzarlos lejos (en una de esas salidas, quizás de las últimas que hicimos, y mientras yo estaba midiendo el tiempo entre el punto de inicio y el punto final, el reloj de hule negro se zafó de mi muñeca demasiado delgada, cayó al agua y se perdió en el fondo del lago). Supongo que por cuestiones de balance, don Isidoro siempre se ubicaba en el centro de la tabla, entre nosotros. Mi hermano siempre iba en la punta, y desde la punta decía que era el capitán y le daba órdenes a don Isidoro de hacia dónde remar. A veces unos pececillos negros brincaban en la superficie del lago y caían sobre el acrílico de la tabla y había que empujarlos suavemente de regreso al agua.

De niños, don Isidoro nos decía que la palabra Amatitlán, en la lengua de sus ancestros, significa lugar rodeado de amates, debido a todos los amates que rodean el lago. Otras veces nos decía que la palabra Amatitlán, en la lengua de sus ancestros, significa ciudad de las letras, debido a los glifos que sus ancestros hacían de la corteza de los árboles del lago. Aún otras veces, riéndose, nos decía que la palabra Amatitlán ya no significa nada.

De niños, don Isidoro nos llevaba a una playa secreta del lago. Salíamos por el portón negro y caminábamos con él en la carretera —mi hermano sosteniéndole una mano, yo la otra— hasta meternos en un sendero angosto, apenas visible, denso de ramas y arbustos, que finalmente desembocaba en una orilla estrecha y fangosa del lago. Don Isidoro nos decía que era una playa secreta. Nos decía que nunca debíamos revelársela a nadie. Y luego, tras sentarnos en el fango, don Isidoro se quitaba la camisa, entraba caminando despacio al agua, y desaparecía por completo. Nosotros nos quedábamos esperando en la orilla, bien portados en el fango, siempre temerosos a que don Isidoro no volviera a aparecer (mi hermano, sin falta, lloraba). Pero don Isidoro siempre aparecía. Siempre surgía del agua todo moreno y resplandeciente y siempre cargando en las manos un misterioso objeto de barro. Éramos demasiado niños para entender que don Isidoro estaba sacando del lago piezas arqueológicas mayas, tinajas y jarras precolombinas, acaso hechas por sus propios ancestros, las cuales le vendía a uno de mis tíos por un par de dólares.

De niños, don Isidoro a veces nos guiaba hacia un patio que quedaba atrás del chalet de mis abuelos, un patio oscuro y estrecho y lleno de ropa tendida, y ahí atrás, ya bien escondidos en aquel patio, nos enseñaba a hincarnos, a persignarnos, a rezar como dos niños católicos. Luego, mientras los dos rezábamos confundidos y mi hermano me agarraba fuerte del brazo, don Isidoro nos decía en murmullos que tal vez así el Señor nos perdonaría el pecado de haberle matado a su hijo.

Moría de hambre. Estaba sentado entre mis dos abuelos, el polaco y el libanés, muerto de hambre. Ellos habían viajado desde Guatemala para pasar con nosotros las fiestas judías. Era el final de la tarde y la sinagoga de Plantation estaba llena. Kol Ami se llamaba la sinagoga: la voz de mi pueblo, en hebreo. Hacía calor. Yo tenía trece años y me faltaba sólo un par de horas para terminar mi primer ayuno completo de Yom Kipur, el día de la expiación, del perdón, del arrepentimiento, cuando los judíos ayunan veinticinco horas, de ocaso a ocaso. Nada de comida. Nada de agua. Mi mamá estaba sentada con mi hermana y mis abuelas y las demás mujeres. Mi hermano estaba sentado con mi papá, lejos de mí, unas filas detrás de nosotros; él aún no tenía trece años, aún era un niño, ya había comido. Más que el hambre, recuerdo la sed. Y recuerdo el mal olor de algunos ancianos (me explicó mi papá que, por miedo a tragar unas gotas de agua, ellos tampoco se bañaban). Y recuerdo la sensación de que todo era un teatro: los hombres a mi alrededor hablaban de sus negocios, hacían bromas, me preguntaban si ya tenía novia. Pero lo que más recuerdo es que yo llevaba el rezo entero con la mirada hacia arriba, viendo con poco disimulo la boca de mi abuelo materno, de mi abuelo polaco. Esa mañana, ya corriendo para salir todos a la sinagoga, yo lo había sorprendido sentado en la cama del cuarto de visitas, aún en su pijama. Mi abuelo rápido se había tapado la boca con una mano y me había balbuceado algo en español mientras yo descubría con espanto la dentadura postiza a su lado, sobre la mesa de noche, brillante y rosada en un vaso con agua. Jamás se me había ocurrido que al llegar a Guatemala en 1946, cuando tenía apenas veinticinco años, después de la guerra, después de ser prisionero en distintos campos de concentración, mi abuelo polaco había perdido ya todos sus dientes.

Unos días antes del rezo de Yom Kipur, mi abuelo polaco nos había llevado a mi hermano y a mí a un hangar en Miami repleto de aviones antiguos.

Tenía él una extraña fascinación por los aviones.

Varias veces lo había encontrado ante el televisor, con el volumen demasiado alto, completamente absorto en algún viejo documental o reportaje sobre la historia de la aviación. De muy niño, en Guatemala, yo solía acompañarlo en sus caminatas alrededor del barrio, y a mi abuelo siempre le gustaba pasar frente al terreno baldío cerca de su casa donde una noche se había estrellado un avión de carga lleno de vacas. Esa imagen, la de un avión lleno de vacas cayéndose del cielo a media ciudad, me hechizó durante toda mi infancia. A veces me imaginaba a las vacas bien sentadas en los asientos. Otras veces me las imaginaba flotando en un avión enorme y vacío. Otras veces merodeando por el largo pasillo de un avión con cubos de paja en el suelo. Hoy, por supuesto, sé que mi imaginación se aferró a un equívoco, y que la realidad era otra: el dueño de aquel terreno baldío mantenía ahí una manada de vacas, pastando, y todas habían muerto cuando una noche cayó sobre ellas un avión de carga.

Wings Over Miami, así se llamaba el hangar. Era una especie de museo de la aviación, nos dijo mi abuelo. Ni mi hermano ni yo queríamos ir. No nos gustaban los museos, ni los aviones, ni mucho menos la historia de los aviones, y sólo la idea de tener que pasar una tarde entera con nuestro abuelo, viendo reliquias de la historia de la aviación, nos tenía ya entre asustados y aburridos. Pero mi abuelo, que rara vez insistía, insistió.

Recuerdo poco de aquella tarde. Recuerdo que dimos vueltas en el carro durante horas buscando el hangar en Miami, y que luego dimos vueltas como locos dentro del hangar mismo, persiguiendo a mi abuelo desde lejos por todo el museo mientras él intentaba ubicar no sé qué avión. Finalmente, un empleado del museo se apiadó de él y nos guio hasta un avión de guerra, inmenso, todo gris y oxidado, colgando del techo. Mi abuelo lo observó hacia arriba durante mucho tiempo, no podría precisar ahora cuánto tiempo, pero lo recuerdo eterno. Él no nos dijo nada. No tenía expresión alguna en el rostro. Ninguna euforia o satisfacción al haber encontrado el avión que había estado buscando, y que obviamente era la razón por la cual estábamos ahí. De pronto mi abuelo bajó la mirada y nos dijo que ya estaba bien, que nos podíamos marchar, y entonces nos marchamos, y no sería hasta treinta años después, en un viaje a Berlín, que yo por fin entendí o creí entender la falta de expresión en su rostro, y acaso también el significado para mi abuelo de aquella tarde en el museo de aviones.

✻

Estaba yo en Berlín sólo unos días, camino a Polonia, a Łódź, cuando una amiga ofreció acompañarme a visitar Sachsenhausen, uno de los campos de concentración donde mi abuelo había sido prisionero durante la guerra. Pero rápido le dije a mi amiga que no quería o que no podía o quizás le dije que no me interesaba. Ya había visto demasiado en Alemania. Ya no quería ver ni recordar más.

Antes de Berlín había estado unos días en Colonia, para dar una conferencia en la universidad, y fui descubriendo por toda la ciudad pequeñas placas de bronce: placas y placas y más placas de bronce incrustadas en el suelo, entre las piedras mismas de la acera, cada una de diez centímetros por diez centímetros y grabada con el nombre y la fecha del judío que había vivido ahí, en esa residencia de Colonia, antes de ser capturado y asesinado por los nazis. Como pequeñas lápidas de bronce, se me ocurrió, para todos los judíos de Colonia que habían muerto sin jamás tener una lápida propia, una lápida digna. Stolperstein, se llaman estas placas, me explicaron en la universidad. Que la palabra en alemán quiere decir algo así como piedra para tropezarse, me explicaron. Que el origen de ese nombre, me explicaron, al menos en parte, viene de un antiguo dicho que los alemanes solían pronunciar cuando se tropezaban en la calle: Hier könnte ein Jude begraben sein. Aquí podría estar enterrado un judío.

Y antes de Berlín también había estado unos días en Fráncfort, también invitado a dar una conferencia en la universidad, en el campus central de la Universidad Goethe de Fráncfort: un inmenso y hermoso edificio construido en 1930 como la sede de IG Farben, en aquel entonces la empresa de químicos más grande del mundo, me explicaron en la universidad, y el fabricante principal para los nazis del gas Zyklon B (previo a la construcción del edificio en 1930, me explicaron, había habido ahí un manicomio dirigido por otro Hoffmann, el médico y escritor Heinrich Hoffmann, dato que me pareció históricamente lógico). IG Farben, al inicio especializada en la erradicación de plagas de insectos, me explicaron, se convirtió en un cartel controlado por el Tercer Reich, y sus pesticidas, creados para combatir plagas, fueron desviados para el exterminio de lo que ellos consideraban una plaga mayor. Y mientras yo daba mi conferencia en un ostentoso y antiguo salón, no pude dejar de pensar que ahí mismo, en ese mismo edificio que ahora era una gran universidad, se habían trabajado y elaborado los cilindros de gas que mataron a las hermanas de mi abuelo, a los padres de mi abuelo. Intenté decirle a mi amiga de Berlín que ya había visto demasiado en mi viaje por Alemania, que empezaba a perder la dimensión de la tragedia, que no me interesaba visitar campos de concentración, que ni siquiera uno de aquellos donde había sido prisionero mi abuelo, que para mí todo campo de concentración no era más que un parque turístico dedicado a lucrar con el sufrimiento humano. Pero finalmente accedí. En parte porque soy un timorato y me cuesta decirle que no a las mujeres. En parte porque todo ese viaje era una especie de tributo a mi abuelo polaco, quien había llegado a Guatemala tras sobrevivir seis años —la guerra entera— como prisionero en campos de concentración. De niño yo no sabía casi nada de su experiencia durante la guerra, más allá de que unos soldados alemanes o polacos lo habían capturado frente al apartamento de su familia en Łódź, en noviembre de 1939, cuando él tenía veinte años, mientras jugaba con unos amigos y primos una partida de dominó. Mi abuelo nunca me hablaba de aquellos seis años, ni de los campos, ni de las muertes de sus hermanos y padres. Yo tuve que ir descubriendo los detalles poco a poco, en sus gestos y en sus bromas y casi a pesar suyo. De niño, si yo dejaba comida en el plato, mi abuelo, en vez de regañarme o decirme algo, sólo extendía la mano en silencio y se terminaba toda la comida él mismo. De niño, mi abuelo me decía que el número tatuado en su antebrazo izquierdo (69752) era su número de teléfono, y que se lo había tatuado ahí para no olvidarlo. Y de niño, por supuesto, yo le creía.

La mañana siguiente tomamos un tren que, en menos de una hora, nos dejó en la estación de un pueblo llamado Oranienburg, y de ahí un taxista malhumorado nos llevó hasta la entrada de reja negra del campo de concentración. Así de sencillo, así de rápido.

El día estaba fresco y nublado y yo me quedé viendo no la entrada del campo de concentración ante mí, sino el viejo vecindario residencial justo del otro lado de la calle. Una niña de tres o cuatro años montaba un triciclo rojo. Una señora mayor con guantes amarillos estaba acuclillada y hacía jardinería alrededor de un rosal. Unos adolescentes caminaban en la acera, tomados de la mano y dándose pequeños besos. Y a mí se me ocurrió que exactamente así —una niña jugando, una señora mayor podando sus rosas, una pareja enamorándose— se habría visto ese vecindario hacía setenta años, durante la guerra. Siempre me ha espantado más la desidia del hombre ante el horror que el horror mismo.

Recorrimos deprisa todo el campo, todo su perímetro, cuya forma original, fui descubriendo con asombro mientras caminábamos, era la de un triángulo equilátero. Mi amiga intentaba mostrarme o explicarme algunas cosas y yo sólo le decía o suplicaba que siguiéramos adelante. La verdad es que no quería saber nada de ese lugar, no quería estar ahí, sólo que-

ría apurar el paso y terminar la visita cuanto antes y
salir a tomarnos una cerveza en cualquier taberna del
pueblo. Pero mi amiga sólo continuó caminando
entre los demás turistas. Vimos entonces las antiguas
barracas de prisioneros. Vimos la casa del director, la
enfermería, las torres de vigilancia. Vimos un objeto
de tortura conocido como El Caballete, quizás exactamente el mismo sobre el cual mi abuelo, tras ser
descubierto con una moneda de veinte dólares en oro,
recibió no sé cuántos golpes en el coxis con una vari-
lla de madera o de hierro, hasta perder el conoci-
miento. Vimos la Estación Z, un espacio construido
para asesinar a prisioneros, y conformado por cuatro
crematorios, varias habitaciones donde los mataban
con un tiro en la nuca, y una cámara de gas; su nombre, algo cínico, hacía referencia a la última letra del
abecedario. Al terminar el recorrido, entramos con
mi amiga a un edificio moderno que era el área de
recepción del museo. Había una cafetería, una pequeña tienda. Mi amiga me preguntó si quería comer
o comprar algo y yo estaba por decirle que no, que
cómo iba a querer comer o comprar algo en un campo
de concentración, cuando descubrí una puerta de vidrio al final de un pasillo que parecía ser la oficina de
alguien o tal vez de la administración. Le pregunté a
mi amiga qué era y ella me leyó el rótulo pintado en
el vidrio. Archiv Gedenkstätte und Museum Sachsen-

hausen, me dijo. El archivo del memorial y museo
Sachsenhausen, me dijo. Le pregunté si era posible
que tuvieran ahí alguna información sobre mi abuelo,
sobre el tiempo que había pasado en Sachsenhausen,
y mi amiga, ya sonriendo, empezó a caminar hacia la
puerta de vidrio.

Estuvimos dos o tres horas buscando entre antiguos
libros y folios (aún no tenían nada digitalizado) cualquier dato de mi abuelo, León Tenenbaum. Una chica
joven, pálida, con la cabeza afeitada, una argolla de
oro en la nariz y vestida con una bata blanca de laboratorio, nos había sentado ante una mesa enorme
mientras iba trayendo libros y bitácoras y folios antiguos, todos empolvados, todos originales, todos en la
mecanografía o en el puño y letra de algún oficial
alemán. No ayudaba que yo no supiera las fechas
precisas en que mi abuelo había sido prisionero ahí.
Él mismo no las sabía, o nos las recordaba, o nunca
me las había dicho. La chica nos explicó en alemán
—mientras mi amiga me traducía al español— que
prácticamente la totalidad de los documentos de la
comandancia del campo de concentración, incluidas
las tarjetas de registro de los prisioneros y casi todas las actas relacionadas con los mismos, fueron des-
truidos por las SS en la primavera de 1945, ante la
inminente liberación del campo; y que los pocos documentos que sí se conservaban estaban ya incomple-

tos y desperdigados por diversos libros y archivos, en especial en archivos soviéticos. La tarea de pronto me pareció inútil. Estaba ya por cerrar todo y darme por vencido cuando la chica me preguntó algo en alemán, que mi amiga de inmediato tradujo. ¿Estás seguro de que tu abuelo no tenía otro nombre? Al inicio no entendí la pregunta, ni tampoco le di mucha importancia. Pero luego se me ocurrió que León era la versión en español de su nombre, y recordé que mi abuela nunca le decía León, sino su nombre en yídish, Leib. Y así se lo dije a mi amiga, y así se lo tradujo ella a la chica del laboratorio, y así de fácil se abrió el último candado, y entramos.

Mi abuelo, Leib Tenenbaum, no León Tenenbaum, primero prisionero número 9860, luego prisionero número 13664, había estado en Sachsenhausen hasta su traslado, el 19 de noviembre de 1940, al campo de concentración Neuengamme, cerca de Hamburgo, donde se convirtió en el prisionero número 131333. Casi cinco años después, el 13 de febrero de 1945, ahora como prisionero número 69752 (número recibido y tatuado en Auschwitz), había vuelto de nuevo a Sachsenhausen, pero esta vez lo habían ubicado en el Arbeitslager Heinkel, en el campo de trabajos forzados Heinkel.

No entendí el lío de números. Por qué tantos números. Por qué seguir cambiando de número. Como si en la guerra un prisionero fuera en realidad muchos prisioneros, y un hombre muchos hombres. Además, yo sabía de su paso por Neuengamme y luego por Auschwitz, donde le tatuaron el número en su antebrazo izquierdo y donde le salvó la vida un boxeador polaco también de Łódź, pero era la primera vez que escuchaba la palabra Heinkel. Le pregunté a mi amiga qué era eso de Heinkel, y ella y la chica del laboratorio se quedaron hablando un rato en alemán. Heinkel, por fin me explicó mi amiga, era una fábrica ahí cerca, en Oranienburg, donde los nazis producían aviones de guerra, especialmente uno, el modelo He 177. Tu abuelo trabajó ahí, en Heinkel, me dijo, durante los últimos meses de la guerra. Le dije que no podía ser, que mi abuelo jamás me había dicho algo de eso, que jamás había mencionado el nombre de ese lugar. La chica del laboratorio, como si hubiese entendido mi escepticismo, señaló con el índice la página amarillenta y empolvada de la bitácora. Der Beweis, dijo en alemán. The evidence, dijo en inglés. Luego se puso a contarle una historia en alemán a mi amiga, y yo tuve que esperar unos minutos para que mi amiga me la tradujera al español.

El modelo de avión Heinkel He 177 era un bombardero pesado, de largo alcance. En los últimos meses de la guerra, varios de esos aviones se cayeron cerca de Stalingrado, misteriosamente, sin ningún enfrentamiento con aviones de los aliados, sin que nadie supiera por qué. Y nunca se supo por qué. Se cree, me dijo mi amiga, que fue un sabotaje por parte de algunos prisioneros judíos que forzaban a trabajar en la fábrica de Heinkel en Oranienburg. Se cree, me dijo, que algunos judíos de Oranienburg, a su manera, ayudaron a derribar una flotilla de aviones nazis. Es posible, me dijo mi amiga, que tu abuelo haya sido uno de esos judíos.

El hermano menor de mi abuelo polaco, su único hermano varón, el que hubiese sido mi tío abuelo polaco de no haber muerto durante la guerra, también se llamaba Salomón. O más bien se llamaba Zalman, que es Salomón en yídish. Conservamos en la familia una sola foto de él, eso es todo, una sola foto como prueba de su existencia, de que un tal Zalman alguna vez existió. Es una vieja y dañada imagen de los seis miembros de la familia de mi abuelo, acaso tomada en un estudio fotográfico de Łódź justo antes de estallar la guerra, y la cual mi abuelo, durante el resto de su vida, mantuvo colgada a la par de su cama, sobre la mesa de noche. A veces decía mi abuelo que había conseguido la foto a través de uno de sus tíos que salió de Polonia antes del 39. Otras veces decía que él mismo había logrado guardarla durante los seis años que pasó en campos, bien escondida en quién sabe dónde, y luego llevarla consigo a Guatemala. El joven Zalman, en la foto, parece estar asustado, casi triste, como si supiese el destino que le depara. Mi abuelo siempre me decía que su hermano menor era el más bondadoso, que era el mejor estudiante, y que había muerto durante la guerra. Pero nunca me dijo cómo había muerto, ni dónde, ni por qué, quizás porque él mismo no lo sabía (de niño, yo me quedaba mirando aquella vieja foto en la pared, a la par de su cama, y me imaginaba que el hermano menor de mi abuelo, como todo niño Salomón, también se había muerto ahogado en un lago). Nadie en la familia sabía los datos de su muerte. Tal vez nadie quería saberlos.

Unos años atrás, yo finalmente hice un viaje a Łódź.

Me hospedé en el famoso y anticuado Hotel Savoy, mientras leía la novela homónima de Joseph Roth y me hacía amigo del operario del ascensor, un viejo en uniforme negro y gorro negro de apellido Kaminski, o al menos con el apellido Kaminski bordado en oro sobre su pecho, y quien parecía estar siempre dentro del ascensor, sentado y esperando a cualquier hora en su banquito de madera. Cada vez que me veía entrar, el viejo Kaminski se ponía de pie, me hacía una ligera reverencia con su gorro negro, me decía dzień dobry, mister Hoffman, y luego, golpeándose con el puño en el pecho, se lanzaba a hablarme en polaco como si yo le entendiera, y yo le iba respondiendo en español como si él me entendiera.

Mi abuelo jamás volvió a su ciudad natal. Jamás quiso volver. Ni tampoco permitió que alguno en la familia fuera. No hay que ir a Polonia, decía. Los polacos, decía, nos traicionaron. Yo viajé a Polonia en contra de sus deseos, entonces, pero con un pequeño papel amarillo en donde él mismo me había escrito, poco antes de morir, la dirección exacta de su casa en Łódź, los nombres completos de sus padres y hermanos. Un último mandato o decreto, quizás, o quizás una especie de trepverter, como lo habría nombrado mi abuelo, que en yídish significa aquellas palabras que se nos ocurre decir demasiado tarde, ya bajando las gradas, ya de salida.

En una de las tantas viejas bitácoras que se conservan en el despacho de la comunidad judía de la ciudad, y con la ayuda de una amiga llamada madame Maroszek, por fin encontramos un documento frágil, desteñido, mecanografiado todo en polaco y con número de registro 1613, que detallaba cómo Zalman había muerto en el gueto de Łódź, en la residencia número 12 de la calle Rauch (actualmente calle Wolborska, me explicó madame Maroszek), el 14 de junio de 1944, un par de meses antes de la liquidación del gueto. El hermano menor de mi abuelo, leímos en el documento, de apenas veinte años, había muerto de hambre.

❊

Yo seguía con hambre, seguía viendo hacia arriba la dentadura postiza de mi abuelo, cuando el rabino de la sinagoga de Plantation se paró justo delante de mí. Era un señor galán, de piel morena y ojos verdes. Parecía acalorado en su largo camisón de satén blanco. Sostenía un delgado hierro de plata cuya punta era una mano en miniatura, el dedo índice extendido, señalando. Mis dos abuelos se pusieron de pie.

Algo les dijo el rabino con solemnidad, su rostro bañado en sudor. Yo no sabía si también debía ponerme de pie y sólo me quedé sentado, viéndolos hacia arriba, oyendo cómo de pronto mis abuelos empezaron a susurrarle al rabino nombres y cifras. Uno de mis abuelos decía un nombre y el rabino repetía ese nombre y después mi abuelo decía una cifra y el rabino repetía esa cifra. Y así. Nombres y cifras. Uno de mis abuelos, luego el otro. Y el rabino estaba tomando nota de todo. Masha, susurró mi abuelo polaco, y luego dijo una cifra. Myriam, susurró mi abuelo libanés, y luego dijo otra cifra. Shmuel, susurró mi abuelo polaco, y luego dijo otra cifra. Bela, susurró mi abuelo libanés, y luego dijo otra cifra. Yo estaba un poco asustado. No entendía nada. Acaso por los susurros de mis abuelos, todo parecía ser parte de una ceremonia prohibida o secreta. Me di la vuelta e iba a preguntarle a mi papá qué estaba pasando, pero él me gritó con sólo la mirada y entonces mejor me quedé callado. Mis abuelos seguían de pie, seguían susurrando nombres y cifras, y más nombres y cifras, y de repente, entre tanto susurro, oí claramente que mi abuelo libanés pronunció el nombre de Salomón.

El rezo por fin terminó. Todos salimos al vestíbulo, donde había una mesa larga con galletas saladas y galletas dulces y jugo de naranja y café, para romper el ayuno. Niños ya sin sus sacos y corbatas corrían por todas partes. Los adultos apenas hablaban. Mi papá me dijo que comiera despacio, que comiera poco. Yo tenía en la mano una galleta polvorosa, y le daba pequeños mordiscos, cuando le pregunté a mi papá en inglés por qué mis abuelos le habían dicho al rabino todos esos nombres. Con algo de dificultad, mi papá me explicó en español que era la oración para honrar la memoria de los muertos. Yizkor, se llama, me dijo. ¿Y las cifras que decían?, le pregunté. Tzedaká, dijo. Donaciones, dijo. Cierta cantidad de plata por el nombre de cada muerto, dijo, y yo de inmediato me hice una idea comercial de todo el asunto, entendí que cada nombre tenía su precio. ¿Y cómo se sabe cuánto vale cada nombre?, le pregunté a mi papá hacia arriba, pero él sólo hizo una cara de hastío y tomó un sorbo de café. Yo seguí mordisqueando la galleta. ¿Nombres de familiares muertos?, le pregunté, y después de un silencio él me dijo que sí, pero que también de amigos muertos, y de soldados muertos, y de los seis millones muertos, y ese número, para un judío, aun un niño judío, no necesita más explicación. ¿También el de su hermano Salomón, entonces, el que murió ahogado en el lago? Sabía que estaba haciendo una pregunta ilícita, hasta peligrosa. Pero ya tenía trece años, ya era todo un hombre, ya había ayunado, ya me era permitido hacer las preguntas que hacen los adultos. Mi papá me observó unos segundos y yo pensé que estaba a punto de echarse a llorar. No sé de qué está hablando, balbuceó, y me dejó solo con mi galleta.

Seguían cayendo gotas esporádicas, gruesas, como si el cielo aún estuviera indeciso a soltar esas primeras lluvias del año. El viejo muelle se mecía con cada ola y ráfaga de viento, y se me ocurrió que yo estaba parado sobre las mismas tablas de madera desde las que había brincado tantas veces de niño, y susurrado tantas veces aquel rezo, e imaginado tantas veces cómo flotaba el cuerpo sin vida del niño Salomón. La casa me pareció idéntica a la casa de mi memoria. El matilisguate en la orilla estaba ahora inmenso y frondoso (me hubiera gustado recordar la palabra bonita que susurré al plantarlo). Pero el lago ya no era el lago azul profundo de mi infancia, ni el lago azul idílico de mi memoria, sino una espesa sopa de arveja.

Guayito, así le decía yo a usted, ¿verdad?

Don Isidoro estaba vestido con pantalones de lona —el ruedo enrollado hasta media pantorrilla—, una cachucha blanca con el logotipo del Mayan Golf Club, y una playera gris que le tallaba demasiado grande, con la imagen verde y gastada de un tractor. Sostenía una escoba de paja. Sus pies, sobre las tablas de madera, parecían dos tablas más.

Y usted y su hermano me decían Isiteadoro, Isinoteadoro.

Había olvidado por completo que le decíamos así, y que él me decía Guayito. Pero le sonreí y le estreché la mano y le dije que por supuesto, que Guayito, que así me decía él de niño. De pronto un pez brincó o escupió en la superficie verdosa del lago, como burlándose de mí y de mi mentira. Pero don Isidoro sonrió satisfecho. Tenía la sonrisa de alguien que tiende a la melancolía. Luego me soltó la mano y, tras bajar la mirada, continuó barriendo las viejas tablas del muelle. ¿En qué puedo servirle, joven?

⁂

Lo que más recuerdo de la fábrica de mi papá en Florida, casi lo único que recuerdo, de hecho, son todas las mujeres desnudas. O bueno, semidesnudas. Aunque para un niño es la misma cosa. Recuerdo la sensación de entrar en aquella vieja y sucia bodega y, como si fuese lo más normal, encontrarme con mujeres desfilando semidesnudas y en tacones por los pasillos y la salita de espera y la oficina de mi papá. Sabía poco de la fábrica de mi papá. Sabía que su socio era un viejo amigo suyo de la universidad, un peruano judío, gordo y antipático, que pronto acabaría estafándolo. Sabía que la fábrica quedaba en un barrio muy latino llamado Hialeah —a una hora de casa, en la autopista—, y que hacían bikinis y trajes de baño de mujer. Y sabía que constantemente contrataban a modelos profesionales para ayudar a promover sus nuevos productos (a mi hermano y a mí nos gustaba espiar los catálogos de modelos que mi papá guardaba en una gaveta de su escritorio, como si fueran revistas prohibidas). Yo aún era muy niño para ver a esas modelos con cualquier noción de sexualidad o incluso con erotismo. Pero para un hombre, no importa su edad, mujeres semidesnudas son mujeres semidesnudas y se merecen, por lo tanto, nuestra más profunda concentración.

Un viernes por la tarde, al salir del colegio, acompañé a mi mamá a la fábrica en Hialeah para dejarle a mi papá unos papeles. Yo los llevaba en las manos, metidos en un fólder de cartulina blanca. Tenía una fiesta esa noche, de mis primeras fiestas ya con chicas y música y manitas sudadas, y estaba nervioso de que volveríamos demasiado tarde. Mi mamá también estaba nerviosa, más nerviosa que de costumbre. Había mucho tráfico en la autopista, acaso porque era viernes. No recuerdo qué comentario le hice a mi mamá en inglés —tal vez que iba muy despacio o que ya era tarde o algo por el estilo— y ella de pronto estalló. Empezó a gritarme en español, recio, como si yo la hubiese insultado. No debía haberle dicho nada, pero tampoco mi comentario había sido para tanto. Yo aún no tenía la edad o madurez suficiente, claro, para entender que esos gritos poco tenían que ver conmigo: su padre, mi abuelo polaco, estaba en un hospital de Guatemala, golpeado y herido al defenderse de dos ladrones que intentaron robarle su anillo de piedra negra (insignia de luto por sus padres y hermanos asesinados en campos de concentración), mientras él caminaba en la avenida de las Américas; su madre, mi abuela, estaba recuperándose de cirugía después de que una moto se había estrellado contra la puerta de su carro, rompiéndole la cadera; y la fábrica de mi papá en Hialeah, con todas esas mujeres desnudas y semidesnudas, estaba a punto de quebrar. Mi mamá no paraba de gritarme. Hasta pensé que ella estaba al borde de un ataque de nervios. Y seguía gritándome histérica cuando, a lo lejos, por encima de sus alaridos, escuchamos el silbido de una sirena. Mi mamá detuvo la camionetilla Chevrolet a un costado de la autopista.

El policía, de pie a la par del carro, le dijo a mi mamá que la había registrado conduciendo demasiado rápido. El rostro de mi mamá parecía encendido. No puede ser, le espetó al policía, su tono insolente, un poco grosero. Iba usted a ochenta, señora, en una zona de sesenta. Imposible, eso no puede ser, reiteró mi mamá y yo mejor cerré los ojos y sólo escuché cómo el oficial le pedía su licencia y la tarjeta de circulación del carro. Usted está equivocado, le dijo mi mamá (no se lo gritó, pero casi) y yo cerré los ojos aún más fuerte. Por alguna razón, mi mamá siempre actuaba así ante figuras de autoridad, ante policías y soldados y funcionarios públicos y oficiales de migración en el aeropuerto, especialmente los cubanos en el aeropuerto de Miami. Por favor salga del carro, señora. Mi mamá no se movió. No voy a salir del carro, le dijo firme. Hubo un largo silencio. Sólo se oía el bullicio del tráfico en la autopista. Sus documentos, señora. Yo abrí los ojos y le supliqué a mi mamá en español que por favor se los diera. Señora, sus documentos, repitió el policía, su voz cada vez más suave y conciliatoria. Mi mamá le dijo al oficial que era un insolente y, suspirando y bufando para que todo conductor de la autopista la oyera, por fin le pasó los documentos a través de la ventanilla. Y yo, por hacer algo, por distraerme, por cobarde, abrí el fólder de cartulina blanca.

Era una carta larga, en dos papeles mecanografiados. Ambos papeles, no lo olvido, tenían el logotipo de un enorme y elegante sauce llorón en la parte superior derecha, y el nombre de un cementerio o una casa funeraria que ahora he olvidado o que quizás nunca supe. Empecé a leer la carta, medio aburrido por su lenguaje serio y frívolo, hasta que de repente llegué a la línea donde estaba escrito el nombre de Salomón. Y cerré el fólder blanco.

El oficial le devolvió todo a mi mamá y le dijo que esta vez sólo le daría una advertencia, pero que por favor condujera más despacio. Mi mamá cerró la ventanilla sin decirle nada, y yo sonreí. Como de costumbre, ella se había salido con la suya, había triunfado ante la autoridad. Mi mamá, yo lo supe siempre, podía desarmar a cualquier hombre con su belleza.

De nuevo en marcha en la autopista, me atreví a

preguntarle sobre la carta en el fólder. No es nada, me dijo tajante, aún enojada conmigo o con el policía o con el tráfico o con la vida entera. Era obvio que quería fumar. Arrimó el carro hacia la salida de la autopista y de repente todo se volvió más latino, más ruidoso. Estábamos ya en Hialeah. ¿Y por qué una carta de una funeraria?, le pregunté en español después de unos minutos, en mi tono más cariñoso. Es sobre el hermano de su papá, mi amor, dijo finalmente. Salomón, le dije rápido y ella se volteó hacia mí y sonrió a medias, acaso sorprendida de que yo recordara aquel nombre tan pocas veces pronunciado. Sí, Salomón, dijo. El que murió en el lago, me apuré a decir. Mi mamá ya no estaba sonriendo. ¿En el lago?, me preguntó confundida, ¿qué lago, mi amor? En Amatitlán, le dije. El niño Salomón, le dije. El que murió ahogado en el lago de Amatitlán. Mi mamá se estacionó enfrente de la fábrica de mi papá y apagó el motor del carro. Pero si él no murió en un lago, dijo. Murió en Nueva York, dijo, cuando era niño. Y está enterrado allá, en Nueva York, dijo señalando con la mirada los papeles que yo tenía en las manos.

¿Nueva York? ¿Cómo que murió en Nueva York? ¿Cómo que está enterrado en Nueva York? ¿Y aquel niño flotando en el lago, aquel niño pálido y desnudo y con rostro teñido de azul? ¿Y aquel rezo secreto en el muelle?

Pero no dije nada. No sabía qué decir. No sabía ni qué pensar. El niño Salomón había muerto en el lago. De eso estaba seguro. O al menos estaba seguro de que eso me habían dicho de niño, en Guatemala. ¿O no?

Se abrió la puerta de la bodega y salió volando hacia nosotros un grupo de mujeres semidesnudas.

¿De dónde sacó usted que murió en el lago, mi amor?

La nieta de don Isidoro estaba de pie ante el comal, echando tortillas. De tanto en tanto, recogía del suelo un leño o un pedazo de ocote y lo lanzaba entre el fuego. Se llamaba Blanca. Estaba embarazada. Tendría tal vez quince años. Era la que me había abierto el portón. Sobre el comal, una oxidada jarrilla de peltre se calentaba despacio.

Don Isidoro me había invitado a tomar un café en su casa, que era más bien una pequeña caseta improvisada, hechiza, de blocs y láminas y algunos tablones. Quedaba en la entrada de la propiedad, justo a la par del portón negro, como una especie de garita o guardianía. Don Isidoro y yo estábamos sentados en dos bancos de madera, en lados opuestos de una mesa rústica y cuadrada, sobre la cual había un manojo de frijoles secos y unos cuantos cartones de lotería. Las paredes a nuestro alrededor eran de adobe. El suelo era una losa de cemento crudo. Una radio de mano, apenas sintonizada a una estación de marimbas, colgaba de un clavo en la pared, en medio de un póster de la Virgen y otro de Jesús. Ante nosotros, Blanca se movía en silencio, como flotando del comal a la única hornilla de gas, y del comal a los dos canastos de mimbre con frutas y verduras, y del comal a una pileta de cemento pintada de rojo y llena de trastos sucios. Hojas de eucalipto ahumaban en un incensario de barro. Echado en una esquina, el perro observaba con recelo o quizás anticipación a una gallina del otro lado de la puerta abierta, picoteando cosas en el suelo del jardín, un cordón fino amarrado a una de sus patas. Sobre las láminas del techo retumbaba cada gota de lluvia, como si cada gota de lluvia, al caer, estuviera anunciando su propio nombre.

Yo no sé nada de eso, me dijo don Isidoro cuando terminé de contarle mi recuerdo, acaso falso, de un niño ahogado ahí mismo, cerca del muelle. Ni siquiera sabía, joven, que sus abuelos habían tenido a otro hijo varón, susurró, peinándose el pelo blanco con una mano. Le dije que sí, que hubiera sido el hermano mayor de mi papá, que se llamaba Salomón. Fíjese usted, dijo con la voz medio perdida, así que Salomón se llamaba el niño, y don Isidoro se quedó con la boca abierta, y a mí se me ocurrió que parecía él siempre a punto de olvidar la palabra que quería decir. De pronto se acercó Blanca. Colocó sobre la mesa dos tazas de peltre y un cenicero de plástico y don Isidoro, como si su nieta embarazada lo estuviera incitando a fumar, sacó de la bolsa de su pantalón un paquete arrugado de Rubios mentolados. No me gustan los cigarros mentolados pero igual le acepté uno. Dígame, joven, usted y sus hermanos crecieron fuera del país, ¿verdad?, me preguntó don Isidoro mientras emitía un vaho de humo, y yo le dije que sí, que nos fuimos del país de niños, a Estados Unidos, y pasamos muchos años allá. Tantos años, le dije, que a veces siento que ya no soy de aquí. Don Isidoro hizo un par de chasquidos con la lengua, sonriendo, meneando la cabeza como para señalar la totalidad de aquello que nos rodeaba. Usted, joven, dijo, siempre va a ser de aquí. Y ambos fumamos un rato en la suave afonía de las marimbas y la lluvia en el techo y la leña crujiendo y la jarrilla de peltre burbujeando sobre el comal. Don Isidoro me preguntó qué había pasado con Salomón, y yo le dije que aparentemente había muerto en Estados Unidos, en Nueva York, y que allá estaba enterrado. Pero lo que no termino de entender, le dije, es por qué yo crecí convencido de que él se había ahogado aquí en Amatitlán, de niño, cerca del muelle. No sé si lo imaginé o soñé todo, le dije y hasta mi voz me sonó extraña. No sé si alguien así me lo contó, le dije, para engañarme, o para burlarse de mí, o para asustarme, o tal vez para alejarme de la orilla del lago. Guardé silencio y fumé largo y profundo, como si el humo mentolado fuera oxígeno, mientras en mi mente barajaba una vez más cada una de las hipótesis que justificara o explicara mi recuerdo, acaso falso, de un niño ahogado cerca del muelle, y repitiéndome a mí mismo que, según la epistemología epicúrea, si existen varias posibles explicaciones para entender un fenómeno, hay que retenerlas todas.

Don Isidoro tenía el cigarro colgándole del labio inferior. Estaba ordenando los cartones de lotería sobre la mesa y mirándome con la mirada de un niño que no sabe la respuesta, o que sabe muy bien la respuesta pero no se atreve a decirla.

Blanca nos sirvió café en las dos tazas de peltre. Volvió a poner la jarrilla sobre el comal y se quedó ahí, frente al comal, soplando las brasas con un abanico de petate. El café tenía sabor a neblina.

Sí recuerdo a un niño que se ahogó en el lago, en esos años, dijo de pronto don Isidoro mientras fumaba. Pero no acá, sino del otro lado de la bahía, allá por la aldea Tacatón. Alzó su taza de peltre y se tomó medio café de un solo trago. Decían que el niño se cayó de una lancha, dijo, a medio lago, y que ninguno en la lancha se dio cuenta. Don Isidoro tomó otro trago largo, dejó la taza vacía sobre la mesa. Su cuerpecito por fin apareció unos días después, en la orilla de Tacatón, dijo. El lago se encargó de sacarlo, dijo. O al menos eso decían los de la aldea. A mí no me consta, dijo como una especie de punto final y machacó su cigarro en el cenicero de plástico. Le pregunté si quedaba lejos Tacatón, y él me dijo que no tanto. Le pregunté si recordaba en qué año había sucedido el accidente en la lancha, y él sólo se rascó la nuca y meneó la cabeza. Le pregunté si había sido un niño local o un niño capitalino, y él dijo que capitalino, luego dijo que local, luego dijo que no recordaba muy bien. Le pregunté si sabía el nombre del niño, y don Isidoro tosió un par de veces: una tos ronca, áspera, con ecos de tristeza. Eso no lo sé, joven.

Blanca echó una rama fresca de eucalipto sobre el carbón del incensario, después caminó en silencio hacia nosotros, cargando la jarrilla de café.

¿Y si ese niño también se llamaba Salomón?, dijo mientras llenaba mi taza. No dije nada, no sé si más sorprendido ante su voz tan dócil y dulce o ante sus palabras, las primeras desde que nos habíamos sentado. Tal vez, continuó Blanca mientras llenaba ahora la taza de su abuelo, usted nomás confundió a dos niñitos muertos, porque los dos se llamaban Salomón.

Don Isidoro estiró una mano, la colocó suave sobre la panza redonda de su nieta, y ahí la dejó.

Un tiempo antes de viajar en carro a Amatitlán, llamé a mi hermano a su casa en el sur de Francia para contarle que quería ir al lago (o tal vez le dije que necesitaba ir al lago) a buscar el chalet de nuestros abuelos. Mi hermano primero dijo algo que no llegué a escuchar bien debido a la mala conexión internacional, luego me preguntó dónde estaba. Le dije que en Nueva York, nada más de paso. Pensé en decirle que estaba allí de paso para juntarme con una amante secreta, para acudir a una tarde de jazz en un apartamento de Harlem, para buscar las pistas de una tumba prohibida, para recibir una plata Guggenheim que luego me gastaría en un viaje a Alemania y Polonia, a Łódź. Pero sólo le pregunté si aún recordaba el chalet en Amatitlán. No mucho, me dijo. Le pregunté si aún recordaba las palabras del rezo secreto que de niños nos habíamos inventado y que susurrábamos en el muelle del lago, antes de lanzarnos a nadar al agua. ¿Qué rezo secreto?, me dijo mi hermano. El rezo secreto que nos habíamos inventado en Amatitlán, le dije algo confundido, para así ahuyentar al fantasma del niño Salomón. ¿Qué niño Salomón?, me dijo mi hermano. Estuve a punto de entonarle a gritos el rezo completo. Luego estuve a punto de preguntarle si estaba fumando algo. Pero por suerte me contuve a tiempo y sólo le pregunté si de verdad no recordaba al niño Salomón, al hijo primogénito de nuestros abuelos, al que hubiese sido el hermano mayor de papá. Mi hermano se quedó callado unos segundos. Como procesando mis palabras. O como si mis palabras tardaran unos segundos en buscar su camino desde Nueva York hasta el sur de Francia. O como concentrado en liar un buen porro. ¿Papá tenía un hermano mayor?

No sé si yo estaba más encandilado con sus ojos celeste cielo o con la idea de que había estado en la cárcel.

Se llamaba Emile. Era el hermano menor de mi abuelo libanés. Vivía con su nueva esposa en un edificio derruido de Alton Road, en Miami Beach, no tan lejos de nuestra casa, y a sólo unas cuadras de la tienda de la tía Lynda, la hermana más pequeña de ellos dos. Aprovechando que mis abuelos estaban pasando unos días con nosotros —no recuerdo si de vacaciones o para ayudar a mi papá con los problemas de la fábrica—, el tío Emile nos había invitado a todos a cenar a un restaurante italiano de su barrio, en la playa (la tía Lynda, como de costumbre, se había excusado). El dueño del restaurante, un tipo grande y gordo llamado Sal, era su amigo o tal vez su socio, no me quedó muy claro. Big Sal, le decían. Años después, cuando el gordo Sal apareció muerto en la playa con una rosa sobre el pecho, finalmente supe que él formaba parte de la mafia italiana de Miami.

Esa noche fue la primera vez que conocí al tío Emile. Acaso fue la primera vez que me enteré de que él existía. Y al nomás llegar y verlo parado en la entrada color turquesa del restaurante, tan elegante mientras fumaba un habano al lado de su amigo o socio, empecé a comprender por qué nadie me lo había mencionado antes.

Así que tú eres el pequeño Eduardo, me dijo en inglés, aún afuera del restaurante. Estaba vestido con un traje gris plateado, camisa blanca, corbata negra y pañuelo igualmente negro doblado en la bolsa del saco. Sus mancuernas, imposible olvidarlo, eran dos grandes esmeraldas engarzadas en oro. Tenía el pelo ralo y completamente blanco, los ojos más celestes que yo había visto jamás, y una de esas narices largas y rectas cuya punta parece estar siempre mostrando el camino. No entendí cómo mi abuelo libanés podía tener un hermano tan distinguido, tan guapo. Esto es para ti, me dijo el tío Emile, entregándome un paquete. Feliz cumpleaños, me dijo, y su gesto me sorprendió. Yo había cumplido catorce años un par de meses atrás, pero igual le recibí y agradecí el regalo. Vamos entrando, le anunció el tío Emile al grupo, un brazo sobre mis hombros, y ya no me soltó el resto de la noche.

Era evidente, aun para mí, que mi abuelo y su hermano no se llevaban bien. Empezaron a discutir desde que nos sentamos (varias veces mencionaron el nombre de la tía Lynda, en murmullos, como si fuese un nombre prohibido), sus tonos ya un tanto punzantes, sus recriminaciones a veces en francés, a veces en inglés, a veces en árabe. Edouard, le decía el tío Emile a mi abuelo, en francés, idioma que ellos habían aprendido en Beirut, de niños, durante la ocupación francesa. Atrás de nosotros, sobre una pequeña tarima, una señora con pechos enormes y demasiado maquillada cantaba piezas de ópera, a capela, en italiano. Yo estaba sentado al lado del tío Emile, quien a cada rato interrumpía su conversación con los demás adultos para hacerme alguna pregunta o decirme que le mirara las piernas a la cantante o darme a probar un bocado de alguno de sus antipastos favoritos o un sorbo a escondidas de su grappa. Y yo iba probando todo con ilusión, mientras las recriminaciones entre él y mi abuelo aumentaban, y mientras miraba cómo los dedos pálidos y delicados del tío Emile —siempre al ritmo de la música— parecían estar tocando las teclas de un piano invisible sobre el mantel blanco de la mesa.

Al rato llegó el mesero con un pastel de chocolate. La señora se bajó de la tarima y me cantó en italiano desde muy cerca, acariciándome el pelo con una mano mofletuda, y yo lo sentí un poco absurdo dos meses después de mi cumpleaños. Luego volvió el mismo mesero y dejó una tacita de espresso frente al tío Emile, quien de inmediato, mientras encendía un habano, se inclinó hacia mí, estiró su brazo sobre mis hombros y me jaló hacia él. Quería decirme algo sin que los demás oyeran.

Anda, abre tu regalo, me susurró con una ligera sonrisa. Pero hazlo en secreto, añadió, tecleando una breve melodía sobre el mantel blanco. Y yo felizmente obedecí. Coloqué el paquete en mi regazo y arranqué el papel muy despacio, sin hacer ruido, y sin que nadie me viera. Era un libro. Creo que el tío Emile notó la decepción en mi rostro porque rápido soltó una risita. Mira dentro, susurró, su dedo índice sobre los labios.

Era como ver a mi abuelo disfrazado de mujer.

Ella se llamaba Lynda, y su tienda, una venta de

manteles y encajes de lino en Lincoln Road, en Miami Beach, Lynda's House of Linen. Era la hermana más pequeña, y casi idéntica, de mi abuelo. Los dos tenían el mismo cuerpo ancho y robusto, las mismas manos, la misma piel tan pálida que parecía rosada, el mismo acento libanés (sus palabras caían al mundo como lingotes de acero), exactamente el mismo andar. A mi papá le gustaba llevarnos a mi hermano y a mí a visitarla en su tienda de Miami Beach algunos sábados en la tarde, y nosotros nos dejábamos llevar de mala gana, de mal humor, obligados a tener que sacrificar nuestro sábado por un par de horas de aburrimiento en aquella tienda caliente y encerrada y con olor a ancianos. Pero justo a la vecindad, por dicha, en un local que brillaba todo de rosado chicle, había una heladería.

Aquella tarde, al nomás vernos entrar, la tía Lynda había corrido a recibirnos a mi hermano y a mí en la puerta, a abrazarnos, a llenarnos el rostro de pintalabios rojo. Luego nos había tomado de la mano y llevado detrás del mostrador y, como hacía cada vez que íbamos a visitarla, nos había regalado un fino pañuelo de algodón blanco, probablemente una muestra o una sobra. Nosotros nunca sabíamos qué hacer con aquel pañuelo (bromeábamos en secreto que era para limpiarnos el pintalabios rojo del rostro), un pañuelo que además debíamos compartir. Pero igualmente le agradecimos y nos sentamos en dos taburetes altos a ver cómo la tía Lynda le vendía manteles a señoras emperifolladas de Miami Beach (años después entenderíamos que su negocio era una mina de oro, y la tía Lynda era una gran comerciante), a esperar inquietos a que mi papá nos dijera que ya podíamos ir a la vecindad, por un helado.

No fue mi culpa.

El inglés de la tía Lynda siempre me sonaba macheteado, casi enfadado, pero estas últimas palabras aún más. No fue mi culpa, ¿entiendes?, le repitió ella a mi papá. Estaba parada detrás del mostrador, operando la caja registradora. Tenía el rostro ya enrojecido, la mirada nerviosa, el pelo blanco un poco alborotado. Si yo nunca dije que había sido tu culpa, tía, le susurró mi papá, su voz queda y sosegada, tal vez para sosegarla a ella, o tal vez para que mi hermano y yo no oyéramos de qué estaban hablando. Todos ustedes siempre han creído que fue mi culpa, gritó la tía Lynda, su mano en el aire, como jurando lealtad, o como señalando con la mano a todos aquellos que la habían creído culpable. Pero ¿culpable de qué? ¿De qué estaba hablando? Todos ustedes, le espetó ella a mi papá, pero especialmente tu madre, y la caja registradora, haciéndole eco, campaneó. Mi hermano me estaba diciendo algo desde su taburete. Yo intentaba ignorarlo para poner atención, hasta que él me golpeó en la pierna y me balbuceó que mirara rápido, ahí, frente a nosotros: una mujer joven y rubia estaba inclinada sobre una mesa de manteles, su blusa floja y semiabierta, y desde nuestro ángulo podíamos ver claramente uno de sus pechos. Salomón no era mi responsabilidad, ¿entiendes?, dijo la tía Lynda ahora más suave, casi conciliatoria. La mujer joven se inclinó un poco más (parecía modelo o actriz), y su blusa se abrió un poco más (acaso no llevaba sostén), y yo no podía dejar de ver el fulgor pálido de su pecho (sentí, como siempre, la picazón de lujuria alrededor de la boca), mientras escuchaba que la tía Lynda decía algo de Nueva Jersey, y de Atlantic City, y de estar en ese entonces recién casada, y de vivir lejos del niño Salomón cuando el niño Salomón murió en Nueva York. Yo seguía tratando de ordenar sus palabras, de darles algún sentido, pero también seguía viendo cómo la mujer joven se enderezaba, se pasaba una mano por la larga cabellera rubia, se arreglaba la blusa y, tras lanzar una mirada furtiva en nuestra dirección, se marchaba despacio de la tienda. Lo que sucedió allá en Nueva York no fue mi culpa, insistió la tía Lynda, y mi papá, cabizbajo, sus brazos cruzados, sólo guardó silencio. Y yo entendí ese silencio de mi papá no como una inseguridad, ni como un titubeo, ni siquiera como una derrota, sino como una manera de protegernos a mi hermano y a mí de algo

mucho más grande que nosotros, de algo siniestro
que se avecinaba.

❊

No recuerdo qué libro me regaló el tío Emile aquella
noche, en aquel restaurante italiano de Miami Beach,
y estoy seguro de que él, si estuviese vivo, tampoco lo
recordaría. El libro, sospecho, era nada más su ex-
cusa para regalarme lo que estaba dentro, y que he
mantenido y cuidado bien desde entonces: el tío Emile,
con el orgullo de un mosquetero, había metido en el
libro el recorte del periódico que contaba la hazaña que
lo había llevado a la cárcel.

Hoy me gustaría creer que él me hizo un regalo
especial, único, sólo para mí. Pero lo dudo. Más
bien me lo imagino esa misma tarde sentado en su
apartamento de Alton Road, abriendo la gaveta del
escritorio y sacando uno de los cientos de recortes
periodísticos que contaban su historia y que él mantenía ahí guardados, para luego ir repartiendo y re-
galando por el mundo. Esa noche, entonces, medio
embelesado e ignorando los gritos en el fondo de la
cantante y de mi abuelo y mi abuela y el tío Emile,
leí la noticia —por primera de muchas veces— de
cómo el tío Emile, en 1960, haciéndose pasar por
un apostador de Las Vegas llamado John McGur-

ney, había estafado a una señora millonaria de Miami.

Decía la noticia que primero el tío Emile había enamorado a la señora Genevra McAllister, una viuda diez años mayor que él, y que luego otro de los hombres incriminados, un tipo de Chicago llamado Albert George, se había disfrazado de cura católico y los había casado. Father Leon, se hacía llamar el tipo, decía la noticia. Albert George y el tío Emile, entonces, con la ayuda de dos hermanos de Miami de apellido Adjmis, convencieron a la señora de comprar una fábrica de lencería en Francia. Una fábrica de lencería hecha por monjas, decía la noticia, y que beneficiaba a niños huérfanos. Una fábrica inexistente, decía la noticia. Luego los cuatro hombres convencieron a la señora de ir comprando el pueblo entero en Francia, insistiéndole que así ayudaría ella a evitar que se apropiara del pueblo un alemán llamado Finkelstein. Decía la noticia que la señora McAllister creía que estaba ayudando no sólo a monjas y niños huérfanos, sino salvando al pueblo entero del alemán Finkelstein. Un pueblo y un alemán inexistentes, decía la noticia. La señora McAllister declaró durante el juicio que ella había estado como en una bruma, que los cuatro hombres habían llegado y le habían devuelto las luces y los cócteles a su vida de viuda. Y así entonces, poco a poco, ella les fue entregando todo su dinero: más de un millón doscientos mil dólares, se estimaba. Los cuatro hombres, decía la noticia, fueron condenados a cinco años de cárcel.

Cuando terminé de leer y subí la mirada, mi abuela ya no estaba en la mesa (más tarde me explicaron que se había marchado al baño, enfurecida). Mi abuelo estaba ahora de pie, gritándole algo al tío Emile, quien seguía sentado a mi lado y le gritaba a mi abuelo de vuelta. Mi papá intentaba calmarlos. El gordo Sal intentaba calmarlos. Mi mamá tenía una mano sobre la boca y estaba a punto de llorar. Mi hermano, lejos de mí, del otro lado de la mesa, parecía asustado. La mujer en la tarima seguía cantando una ópera triste. Y a mí se me ocurrió, oyéndolos gritar, que no podían dos hermanos ser más diferentes. Mi abuelo era honrado, trabajador, tan leal a los suyos que siempre terminaba ayudándolos y rescatándolos (años después me enteraría de que mi abuelo no sólo le mandaba a su hermano un estipendio mensual, sino que luego, cuando el tío Emile murió, continuó mandándole la misma cantidad todos los meses a su viuda), mientras que el tío Emile iba por la vida sin responsabilidad alguna, de mujer en mujer, de fiesta en fiesta, acaso de estafa en estafa. No recuerdo por qué se estaban peleando esa noche, a lo mejor nunca lo supe, pues me era imposible comprender sus gritos en árabe y francés. Sólo recuerdo que de pronto mi abuelo gritó algo en árabe y el tío Emile sacudió la cabeza y se puso de pie, machacando su habano en un cenicero de plata. Por primera vez esa noche la mujer paró de cantar. Y yo supe entonces que la cena se había terminado. Los dos viejos hermanos estaban mirándose de frente, en silencio, como dos pistoleros retándose a disparar. Todo se congeló unos segundos. Todos en el restaurante se callaron unos segundos, lo suficiente para que el último grito en inglés del tío Emile se quedara resonando en el restaurante entero, mientras señalaba a mi abuelo con mucho más que su índice. Y tú, Edouard, gritó, abandonaste a tu hijo Salomón.

Las callejuelas de Tacatón estaban vacías. Los únicos peatones que encontré, y a quienes quise preguntarles algo desde el carro, sólo se alejaron con desconfianza. Decidí estacionar el Saab en la carretera misma, frente a una plazoleta pintada de amarillo y verde, con dos porterías, dos canastas de basquetbol, una iglesia amarilla en un extremo y una fuente redonda en el otro, sin agua, como de adorno. Permanecí sentado en el carro unos minutos, nada más viendo cómo las gotas de lluvia desaparecían al nomás caer sobre algo —el muro amarillo de la iglesia o el suelo de la plazoleta o el parabrisas del carro—, y entendí que todas esas gotas de lluvia, más que desaparecer, en realidad explotaban. Me quedé quieto, concentrado en el vidrio, escuchando ahí todas las explosiones blancas. Un sinfín de explosiones blancas en la tarde ya oscura de Tacatón. Pero explosiones no como bombas, ni como balazos, ni tampoco como fuegos artificiales, sino más bien como la serie infinita de platillos y címbalos de una gran sinfonía blanca.

Al rato salí del carro y caminé un par de cuadras bajo la lluvia. En un costado de la carretera había una fila de pequeñas casetas de lámina corrugada que daban la impresión de no pertenecer ahí, de haberse construido espontáneamente. Una barbería, un pinchazo, un taller de carpintería (se hacen antigüedades, decía el rótulo), un puesto de pan dulce y champurradas, un tenderete pintado de azul marino en cuyo frente tenía escrito —en grandes letras negras— que ahí se tapizaban asientos de moto, se reparaban calzados, se vendían cocos a cinco quetzales, se reventaban piedras con bombas. Pero no había nadie. Todas las casetas estaban cerradas. Crucé deprisa un callejón adoquinado hacia la única puerta abierta, el único local que vi abierto a esa hora de la tarde. Y al nomás pasar el umbral me arrepentí de haber entrado.

Un hombre gordo y bigotudo jugaba billar. En la esquina, mirándolo jugar desde una silla de plástico, estaba sentada una mujer muy joven, acaso una niña o adolescente, vestida con minifalda roja y tacones blancos. Una larga trenza negra le colgaba sobre cada hombro. Sujetaba ella algo oscuro en el regazo. A mí me pareció, quizás por su postura desparramada en la silla, que estaba llorando o que ya había llorado. A la par suya, otras dos mujeres bailaban despacio, bien abrazadas. Un viejo estaba recostado contra la pared del fondo, en la parte más oscura del local, nada más mirando a las dos mujeres bailar, y yo creí ver en la oscuridad que el viejo tenía el rostro maquillado. Pero maquillado blanco, como de payaso. Se me ocurrió que tal vez el local era una cantina. O tal vez era un salón de billar. O tal vez era un prostíbulo. No estaba seguro. Apenas podía ver. La única luz era la que entraba por la puerta abierta, a mis espaldas. Una ranchera de radio sonaba a lo lejos.

¿Lo mandó a usted el general?, me preguntó el hombre gordo sin verme, inclinado sobre la mesa y a punto de golpear una bola de billar. Me confundió su pregunta y estaba por decirle algo cuando pude distinguir un objeto negro sobre el paño verde de la mesa, que primero supuse era la pequeña radio donde sonaba la ranchera, pero luego, cuando mis ojos se adaptaron a la poca luz, entendí o creí entender que era una pistola. ¿Que si lo mandó a usted el general?, me volvió a preguntar el hombre, un poco más recio,

ahora erguido y viéndome con dureza. Las dos mujeres habían dejado de bailar y también me observaban.
El viejo maquillado gritó algo desde el fondo del
local, acaso una amenaza o un insulto, y luego empezó a acercarse a la mesa de billar. Venía directo
hacia mí. Pero el hombre bigotudo le hizo un gesto
con la mano (como diciendo de este pendejo me en-
cargo yo) y el viejo maquillado se tambaleó de vuelta
hacia la pared del fondo. Yo no podía o no quería
mover la mirada de lo que posiblemente era una pistola sobre el paño verde, a media mesa, a medio juego,
como si fuese una bola más, pero pronto logré recu-
perar la concentración y balbucearle al hombre que
no, que perdonara, que nada más estaba buscando un
comedor. Fue lo primero que se me vino a la mente,
para excusarme. Las dos mujeres se abrazaron de
nuevo. El hombre, tras un suspiro, volvió a su juego
de billar. Aquí a su derecha, carretera arriba, me dijo
con parquedad, no sé si decepcionado o molesto. Le
agradecí. Y ya retrocediendo hacia la puerta abierta,
ya sintiendo otra vez las gotas de lluvia, la cosa oscura
en el regazo de la niña brincó al suelo y me maulló.

Era un comedor pequeño y sin nombre, o al menos
sin nombre a la vista. Las paredes, pintadas del mismo

verde que la plazoleta, estaban llenas de pósters y banderines de cerveza Gallo (todos o casi todos con mujeres en bikini). No había mesas ni sillas, sólo un largo mostrador de pino crudo, con cuatro bancos altos. Un viejo estaba sentado en uno de los bancos: lánguido, jorobado, su rostro casi metido en la sopa que humeaba ante él. En otro banco, un adolescente tenía la cabeza recostada sobre el mostrador, dormido o tal vez borracho. Una señora chaparra y regordeta miraba la televisión detrás del mostrador. De inmediato la apagó y se puso de pie.

Buenas, me dijo con una mediana sonrisa llena de pena y de oro. Yo la saludé, secándome el rostro con la manga de mi camisa y sentándome en otro de los bancos, y le pedí una cerveza. El viejo ni siquiera subió la mirada. ¿Gallo está bien?, me preguntó ella, y yo le dije que sí, que gracias. La señora abrió la puerta de vidrio de una pequeña refrigeradora y sacó una botella. ¿Le sirvo algo de comer?, mientras limpiaba y secaba la botella con su delantal y luego la colocaba en el mostrador, ante mí. Le pregunté qué era la sopa que estaba comiendo el señor. Es un cocido, dijo ella. Chirín, se llama. Nuestro plato típico de por acá. Vi que el caldo en la enorme tinaja estaba lleno de trozos de pescado, zanahoria, medios elotes, cangrejos enteros. Muy sabroso, susurró el viejo sin verme, sus manos prensando las delgadas tenazas de un cangrejo. Y oyendo al viejo chupar las tenazas, me imaginé que todos esos pescados y mariscos eran de ahí mismo, y que el viejo estaba chupando agua tóxica del lago. También hay gallina criolla con arroz, dijo la señora. Hay chile relleno, mojarra frita, tamales, unos sus frijolitos. El tipo borracho gruñó algo, luego se volvió a dormir. Noté que sobre el pino crudo del mostrador había un plato de plástico rojo con algo que parecían ser manís asados, aunque más redondos y oscuros, casi como granos quemados de café, y le pregunté a la señora qué eran. Zompopos de mayo, dijo ella. Bien tostaditos, dijo, con sal y limón. Tomé un trago de cerveza y le dije que nunca los había probado, que nunca los había visto cocinados, que ni siquiera sabía cómo se preparaban. La señora me explicó que primero los echaba todos sobre el comal, para matarlos con el calor del comal, antes de irles quitando alas y patitas y cabezas. Así, de uno en uno, dijo. Mucho trabajo, dijo. Y es que sólo se come el pequeño cuerpo redondo de cada zompopo, dijo mostrándome una bolita invisible entre su índice y pulgar. Después se vuelven a echar al comal los cuerpos de los zompopos y se les va tostando despacito, con sal y limón. Pruebe usted nomás, dijo acercándome el plato. Y yo entonces, mientras estiraba la mano y probaba un abdomen de zompopo y luego otro (salados, crujientes, con un ligero sabor a chicharrón), sólo podía pensar en las peleas de zompopos que hacíamos de niños con mi hermano. Cada mayo, tras las primeras lluvias, el jardín se llenaba de zompopos enormes y furiosos, y nosotros, por las tardes, al volver del colegio, metíamos a dos en una cajita de cartón o en una lonchera —su propio palenque— y ellos de inmediato se ponían de frente y empezaban a pelear. A veces hasta la muerte. A veces hacíamos apuestas. Ya no se ven tantos como antes, balbuceó el viejo, las tenazas aún en sus manos. Cuesta pues, dijo la señora. Ya no se encuentran tantos ni aquí en el pueblo ni en el monte ni alrededor del lago. Iba a decirles que quizás ya no había tantos zompopos como antes debido a la reducción de los bosques en las montañas, o debido al abuso de químicos y pesticidas, o debido a todos los niños que los poníamos a pelear hasta la muerte en nuestras loncheras. Pero sólo tomé un trago largo de cerveza. Los tres guardamos silencio un momento y yo aproveché ese silencio y les pregunté si acaso recordaban a un niño que se había ahogado ahí, o cerca de ahí, en los años setenta. Ay no, fíjese, se apuró a decir la señora, casi sin haber escuchado la pregunta, como si la pregunta misma sobre un niño muerto la hubiese espantado. El viejo sólo continuó chupando y succionando las tenazas. Tras tomar otro trago de cerveza, les dije que estaba buscando a alguien que quizás recordara a aquel niño, cuyo cuerpo, según me habían dicho, apareció flotando en la orilla de Tacatón. La señora le lanzó una mirada furtiva al viejo, una mirada que no duró más que una fracción de segundo, pero que estaba llena de sospecha o desconfianza. Y se me ocurrió que, en esa fracción de segundo, ambos quizás me juzgaron un agente de la policía, o un oficial del ejército, o un representante del gobierno, y aunque supieran algo, no me lo dirían. Entonces tomé un trago de cerveza demasiado tibia y, con mi mejor voz de barítono, les dije: El niño que murió en el lago era el hermano de mi papá.

El viejo dejó de chupar agua tóxica. La señora, su mirada ahora piadosa, se persignó. Y yo me convencí a mí mismo de que no los estaba engañando, de que no era una mentira, de que esa versión de la historia alguna vez había sido verdad, al menos para mí.

A lo mejor doña Ermelinda recuerda algo, dijo el viejo. Sí, a lo mejor, agregó la señora. Esa llorona lo recuerda todo, dijo el viejo con una risita entre tímida y arrepentida. Les pregunté dónde podía encontrarla, si vivía en el pueblo. Acá vive doña Erme, pues, dijo la señora. Su casa es abajito, por el lago. Pero saber si estará, dijo. Sale mucho al monte, a buscar sus hojitas. El borracho volvió a gruñir. Estaba babeando sobre el mostrador. Deme usted tantito y yo le muestro el camino, dijo el viejo sin verme, la tinaja entre las manos mientras bebía sorbos de un caldo acuoso y amarillento. Le dije que muy amable de su parte. Saqué un par de billetes y se los di a la señora y le dije que yo pagaba el cocido del señor, quien masculló algo entre sorbos. Luego colocó la tinaja en el mostrador, se limpió el bigote grisáceo con una mano, se volvió a poner su sombrero de petate, y muy quedo, no sé si franco o socarrón, añadió: Dios lo proteja, oye.

En un patio techado, sobre una mesita o altar, entre una hamaca de mimbre y un par de sillas de plástico, había un muñeco en traje negro y sombrero negro rodeado de candelas de todos los colores y veladoras sin encender y huevos blancos y habanos enrollados a mano y un octavito de ron Quetzalteca y la cabeza decapitada y aún sangrienta de un pavo.

Habíamos caminado hacia ahí por un sendero tan estrecho que sólo cabía una persona. Yo iba atrás del viejo, siguiendo su sombrero de petate en la lluvia, cuando él me dijo que doña Ermelinda era una sobadora. Le dije que nunca había escuchado esa palabra y el viejo me explicó que ella era una curandera, pero que las personas del pueblo le decían sobadora, pues para curarlos de enfermedades los sobaba con aceites y mixturas y ungüentos que hacía ella misma. Cual-

quier malestar, me dijo el viejo. Quebraduras, corta-
das, fiebres, embarazos, cánceres, me dijo. Principal-
mente usa hierbas y raíces, me dijo. Pero a veces usa
otras cosas, me dijo el viejo, y preferí no preguntar
más.

Yo llevaba una hora esperándola bajo las ramas de
una araucaria, fumando. La lluvia era ahora una cor-
tina de seda, apenas perceptible pero constante. Había un cayuco inmóvil en el agua, lejos, su contorno
negro apenas visible en la penumbra del ocaso. Un
pequeño pueblo empezaba a titilar del otro lado del
lago. Atrás de mí, la montaña entera parecía el chi-
llido de un solo murciélago. Me quedé viendo el agua,
tan oscura y serena a esa hora de la tarde, y de pronto
se me ocurrió que ahí mismo, en el fondo del lago,
aún estaba mi reloj de hule negro, aún cronome-
trando, aún a la espera de que llegase al punto final
de aquella línea recta, de aquel último paseo en
hawaiana. Y yo seguía fumando, intentando no mo-
jarme tanto en la lluvia ni prestarle mucha atención a
la sangre fresca en el suelo del patio techado, cuando
por fin vi a la anciana asomarse por la orilla. Macha-
qué mi cigarro en la tierra.

Caminaba ella lento, hamaqueándose de lado a lado, renqueando, como si tuviera una pierna un poco
más larga que la otra. Estaba descalza. Su cabellera plateada y lisa brotaba de un tocayal azul perla

y le llegaba hasta las caderas. Tenía puesto un traje de corte, un hermoso huipil blanco con flores tejidas en hilos verdes y celestes, y un perraje negro sobre los hombros. En la espalda cargaba un morral grande, pesado, quizás lleno de raíces y hierbas. Y mientras la observaba acercándose despacio por la orilla del lago, tuve la impresión de que la anciana iba adelgazando, y adelgazando aún más, hasta que ya delante de mí toda ella se había convertido en una pequeña calavera. Su piel de cuero había desaparecido por completo y yo podía ver claramente la osamenta que era doña Ermelinda. Su quijada. Sus pómulos. Sus caderas y costillas. Cada minúsculo hueso de sus pies de lechuza.

La anciana dejó caer el morral sobre la tierra mojada, y respirando recio, casi entre jadeos, me espetó: Usted anda buscando a un niño ahogado. Sus palabras me envolvieron la cabeza en celofán. Aunque rápido me arranqué el celofán y recuperé el aliento y estaba a punto de balbucearle que en efecto, que ése era yo, que seguramente la señora del comedor le había dicho ya algo, o que el viejo del sombrero de petate le había hablado de mí. Pero la voz trémula de la anciana se me adelantó. Anoche lo soñé a usted aquí mismo, dijo, en mi araucaria.

❖

No tiene brazos porque los campesinos se los machetearon.

Doña Ermelinda seguía hincada ante el altar, encendiendo las candelas y veladoras alrededor de Maximón. Me dijo que Maximón había sido un santo muy guapo que hacía milagros y seducía fácilmente a todas las mujeres. Pero cuando los esposos de las mujeres se enteraron, me dijo, le cortaron sus brazos, a puro machetazo. Por eso no tiene brazos, dijo, mostrándome que estaban vacías las mangas del saco negro del muñeco. Pero él siempre baila, dijo. Siempre fuma. Toma trago. Tiene mucho dinero. Es dueño de todo, dijo la anciana y continuó encendiendo las candelas alrededor de la efigie. Le pregunté si los colores de las candelas tenían algún significado y doña Ermelinda, sin verme, me dijo que las azules eran el corazón del cielo, y las verdes eran el corazón de la tierra, y las rojas eran la piel, y las amarillas eran el maíz, cuando buenas, y la enfermedad, cuando malas. ¿Y las candelas negras?, le pregunté y doña Ermelinda me dijo que de las negras no se habla. Viéndola en silencio en la semioscuridad, se me ocurrió que cada uno de sus movimientos era lento y parsimonioso, como si le doliera, o como si tuviese el viento en contra, o como si sus manos de calavera ya no corrieran prisa por llegar a ningún lado. Aún hincada, tomó uno de los habanos, lo encendió con el fuego de una candela y sopló humo dos veces sobre la efigie. Luego, tras llenarse la boca de ron Quetzalteca, escupió hacia arriba una nube de ron. Volvió a colocar la botella en su lugar mientras le susurraba al muñeco unas palabras en lengua maya, tal vez kaqchiquel o poqomchí (palabras que me sonaron no solemnes ni ceremoniosas, sino de amonestación). Finalmente se puso de pie con algo de dificultad y se fue a sentar en la otra silla de plástico. Sus pies descalzos no llegaban al suelo.

Me dijo que el niño ahogado no se llamaba Salomón, sino Juan Pablo Herrera Irigoyen, y que se había caído de la lancha sin que nadie se diera cuenta. Una lancha último modelo, me dijo, de alta velocidad. La familia estaba dando un paseo por el lago. El niño tenía tres años. Era hijo de un finquero de la capital, cuya plantación de café se extendía (se extiende) a todo lo largo de la falda del volcán. Su cuerpecito lo encontramos aquí en la orilla, me dijo la anciana, al día siguiente, al nomás salir el sol. Estaba desnudo el niño. No tenía salvavidas. Un tiempo después llegó el padre al pueblo en la misma lancha último modelo e hizo construir una cruz de mármol blanco en el lugar exacto donde se había encontrado el cuerpo de su hijo. Luego se la muestro, si usted quiere.

Me dijo que otro niño ahogado tampoco se llamaba Salomón, sino Luis Pedro Rodríguez Batz. Era de Villa Canales. Se había ahogado mientras él y unos amigos brincaban al lago desde la piedra del ya abandonado castillo Dorión. Así le dicen aquí a un castillo tipo medieval construido por don Carlos Dorión Nanne en 1935, me dijo la anciana, sobre un imponente risco que le había obsequiado el entonces dictador Jorge Ubico, quien luego usó el sótano del castillo, según dicen, para torturar a sus enemigos y prisioneros. El niño Luis Pedro tenía diez años. Los demás niños, arriba en el castillo, creyeron que el cuerpo flotando abajo en el lago era una broma.

Me dijo que otro niño ahogado tampoco se llamaba Salomón, sino Juan Romero Martínez Estrada. Su padre, un joven pastor evangélico en el caserío Mesillas Altas, era conocido alrededor del lago por sus sermones de los domingos, en los cuales hablaba con fervor de los pobres, de la injusticia, de la falta de igualdad. Él y su esposa desaparecieron una noche, me dijo la anciana, y nunca más se supo de ellos. Algunas personas de Mesillas Altas dicen que los vieron pasada la medianoche en la carretera que va del caserío a San Vicente Pacaya, acompañados por una tropa de militares, y creen que la joven pareja fue desaparecida en el cráter del volcán. Días después se encontró el cuerpo de su único hijo en la orilla del lago. Dicen que el niño Juan Romero parecía estar dormido sobre la tierra. Aún tenía puesto su pijama. No había cumplido un año.

Me dijo que otro niño ahogado tampoco se llamaba Salomón, sino Francisco Alfonso Caballero Ochoa. Tenía once años. Le decían Paquito. Estaba remando con su hermano menor en un cayuco de madera, en la parte occidental del lago, cuando perdió uno de sus remos en el agua. Su hermano dijo que lo vio lanzarse al agua tras el remo, y que eso fue lo último que vio. Jamás apareció su cuerpo, me dijo la anciana. Pero hay personas que dicen aún ver al niño Paquito, me dijo, o al espíritu del niño Paquito. Va siempre caminando medio desnudo por la orilla del lago, dicen. Sigue buscando su remo.

Me dijo que otro niño ahogado tampoco se llamaba Salomón, sino Marco Tulio Ruata Gaytán. Tenía seis años. Había estado jugando con un balón de fútbol, me dijo, solito, en un terreno baldío cerca del río Plátanos. La última persona que lo vio con vida fue su madre. Decía su madre que el niño Marco Tulio estaba pateando el balón contra el muro de la escuela y ella le gritó que se detuviera, que mejor jugara con el balón en otro lado. Luego nadie supo nada de él durante dos días. Hasta que apareció su cuerpo allá por el relleno, donde cruza la línea del tren, me dijo la anciana. Estaba sobre una cama de ninfas. Sus pequeñas piernas enredadas en el trasmallo celeste de algún pescador.

Me dijo que otro niño ahogado tampoco se llamaba Salomón y que tampoco era niño, sino una niña llamada María José Pérez Huité. Tenía doce años. Le decían Joselita. Con su padre y algunos otros hombres de Santa Elena Barillas, formaba parte de una banda de mariachis conocida como El Mariachi Pérez. La niña Joselita tocaba la guitarra y cantaba. Era la única niña de la banda. Siempre vestía un hermoso traje corinto lleno de lentejuelas doradas, me dijo la anciana, mientras los hombres vestían el traje

negro típico de los mariachis. Se cree que la niña Joselita se cayó al lago una noche de tormenta, cerca del
desagüe del río Michatoya, al terminar la banda de
tocar una serenata. Su padre decía que la niña se le
había perdido en la noche, por el lago, y que ella no
sabía nadar. La mañana siguiente, alguien del pueblo
iba cruzando el puente La Gloria cuando descubrió
abajo en el río una mancha corinta que flotaba.

Me dijo que otro niño ahogado tampoco se llamaba
Salomón, sino Juan Cecilio López Mijangos. Se ahogó
durante la procesión acuática del Niño Dios de Amatitlán, aunque nadie sabe cómo. Tenía siete años. Era
de la aldea Chichimecas. Estaba con sus padres y hermanos, me dijo, sentado en una barca de la procesión, mientras todas las barcas transportaban al Zarquito hasta su trono de piedra, allá en el muro de
piedra conocido como Los Órganos. Así le dicen por
acá al muñeco del Niño Dios que se usa en la procesión, Zarquito, dizque porque tiene los ojos claros,
me dijo la anciana. Una noche, según la leyenda, el
Niño Dios se les apareció a unos pescadores a medio
lago, sentado en una silla y rodeado de luz, y ellos
decidieron llevárselo de vuelta a Pampichín, su pueblo en la ribera meridional del lago. Desde entonces,

algunas mañanas se empezaron a ver las pequeñas huellas del Niño Dios en la tierra frente a la iglesia parroquial, o por el relleno, o alrededor de la silla del Niño. Y también desde entonces, me dijo, para honrarlo, se hace una romería acuática a través del lago, cada 3 de mayo. Algunos dicen que aquel año, al final de la procesión, el niño Juan Cecilio se había caído de la barca sin que ninguno en el público lo notara, tan concentrados estaban todos rezándole al Zarquito. Otros dicen que lo había empujado al agua uno de sus hermanos, por pura maldad. Aun otros dicen que ellos mismos vieron cómo el niño Juan Cecilio se lanzaba al agua desde la barca y se empeñaba en nadar hasta la silla de piedra en Los Órganos, donde ya estaba sentado el Zarquito. Los Órganos, me dijo la anciana, es la parte más profunda del lago.

Me dijo que otro niño ahogado durante la procesión acuática del Niño Dios, la más reciente, la del año pasado, tampoco se llamaba Salomón, sino Juan Luis Recopalchí Blanco. El niño Juan Luis tenía diez años. Iba sentado en una de las lanchas que siguen la romería acuática de la procesión, me dijo la anciana, junto con otros veinticinco pasajeros, volviendo todos al pueblo de Amatitlán tras haber dejado al Zarquito allá en su piedra, en Los Órganos. Varias personas estaban de pie en el muelle público del pueblo, viendo a la lancha acercarse, esperando ahí a sus familiares, y testificaron lo siguiente. Que primero habían oído cómo el dueño y piloto de la lancha les anunció a los pasajeros que se dirigieran hacia el frente de la embarcación. Que luego habían oído cómo algunos pasajeros empezaron a gritar que la lancha se estaba haciendo de agua. Que luego habían visto cómo la lancha entera se volcó hacia su costado izquierdo. Y que segundos después la lancha entera ya había desaparecido por completo en el agua. Ninguno de los pasajeros llevaba chaleco salvavidas. Pero estaban a pocos metros del muelle público, y todos lograron nadar esos pocos metros y salvarse. Todos, me dijo la anciana, salvo el niño Juan Luis. Su cuerpo sin vida fue encontrado esa tarde por el equipo de hombres rana de los bomberos voluntarios. Las autoridades determinaron que la lancha se había hundido por exceso de peso. Diana, se llamaba la lancha. Su dueño y piloto, me dijo la anciana, era el padre del niño.

Yo le pregunté qué hierbas o raíces le había echado, pero doña Ermelinda sólo me dijo que bebiera despacio, que me ayudaría a ver la verdad. Su rostro ardía cárdeno en la noche. Los tres o cuatro leños de la fogata crujían y chispaban. Atrás de mí, en un arbusto de florifundia, colgaban unas cuantas flores blancas y acampanadas. Quería preguntarle cuál verdad, o cuál de todas las verdades, o la verdad de quién exactamente. Pero sólo me quedé viendo a doña Ermelinda en la luz ambarina del patio, entre incrédulo y sospechoso, y tomé un sorbo caliente del pequeño pote de jícara. Sabía a agua quemada. Tomé un segundo sorbo, que sentí aún más desagradable que el primero, y al mismo tiempo empezó a invadirme una extraña sensación de levedad, de sueño, de estar y no estar. La anciana me observaba con firmeza, su frente fruncida, como intentando entender o descifrar algo. Lo ayudará a ver su verdad, dijo de pronto desde la silla de plástico, como si estuviera respondiendo a las preguntas en mi cabeza. Me asusté un poco. Sentí un leve mareo. Sentí que se me cerraban los ojos y que una parte de mí empezaba a flotar. No la verdad del niño ahogado, dijo la anciana. Sino la verdad que usted lleva dentro, dijo. Su verdad suya, dijo, usando ese doble posesivo tan común entre los hablantes indígenas. Quizás la anciana notó el miedo o la confusión en mi rostro, porque de inmediato me dijo que los mayas más sabios, tras crear todas las cosas del mundo, se dieron cuenta de que se habían quedado sin barro y maíz. Entonces buscaron una piedra de jade y la tallaron hasta formar una pequeña flecha y, al soplar los sabios sobre la flecha, ésta se convirtió en colibrí, y el colibrí salió volando por el mundo entero. Tz'unun, dijo la anciana. Así le decimos, en nuestra lengua, dijo, y guardó silencio un momento. Es el colibrí, dijo, el que vuela de aquí para allá con los pensamientos de los hombres.

Yo le rompí el pie a mi hermano.

Llevábamos dos o tres años sin dirigirnos la palabra, ni en inglés ni en español. No había pasado nada monumental entre nosotros para distanciarnos y silenciarnos. Ninguna ruptura, ningún pleito específico. Simplemente nos habíamos distanciado. O más bien yo me había distanciado de él. Yo era el mayor —catorce meses mayor, que en la adolescencia es mucho más que catorce meses—, y recuerdo que de pronto, alrededor de los trece años, empecé a verlo demasiado niño. Antes habíamos hecho todo juntos. Habíamos sido niños juntos y crecido juntos como dos aliados o dos mejores amigos. Habíamos compartido cuarto, susurrándonos de cama a cama para que así la oscuridad de las noches no fuese tan oscura, hasta que yo reclamé cuarto propio y mis papás tuvieron que remodelar la sala familiar. Habíamos jugado en la tina juntos, haciendo de cada baño nocturno una aventura de marineros o piratas, hasta que yo opté por bañarme en la ducha de mis papás, y lo dejé solo en la tina. Habíamos usado la misma ropa, hasta que yo exigí vestirme diferente que él. Habíamos mantenido mezclados nuestros juguetes, nuestras colecciones de canicas y estampillas, hasta que yo demandé separar y repartirnos todo (luego boté mi mitad en la basura, en vez de dejársela). Ya me sentía un adulto, demasiado grande para tolerar su compañía de niño, sus comentarios y jueguitos infantiles, y entonces no sólo me alejé de él, sino que empecé a insultarlo, a tratarlo de menos, acaso para alejarlo aún más. No sé cuándo ocurrió, ni por qué, pero todo entre nosotros era ahora un combate.

El pie roto de mi hermano fue la culminación de un domingo entero de insultos, y cizañas, y malos humores, y un juego de basquetbol afuera en la calle con varios de mis amigos del barrio, durante el cual de repente me burlé de mi hermano. Una burla tonta, sin sentido, que hubiese pasado como una burla más, una injuria más de un hermano mayor que se aprovecha de su edad y su tamaño, si no por las risas picantes de mis amigos. Seguían riéndose mis amigos. Y entre más se reían ellos de mi burla, yo pude ver claramente cómo iba subiendo la cólera por el rostro de mi hermano: en las venas de su cuello, en sus labios que temblaban, en sus mejillas enrojecidas, en su mirada crispada, en todas las gotitas de sudor que empezaron a formarse en su frente. Y supe que venía la patada. Lo supe antes de que mi hermano alzara la pierna. Probablemente lo supe antes de que él mismo supiera que debía patearme fuerte en el estómago, para dejarme sin aliento y sin voz y así también callar las risas perversas de mis amigos. Su pie derecho, entonces, se estrelló fuerte contra mi codo.

Mi mamá lo llevó al hospital. Mi papá, haciendo un esfuerzo por contener sus gritos, sólo me dijo que me fuera a mi cuarto, que llegaría a hablarme más tarde, que por el momento no me podía ni ver. Yo me encerré y me tumbé en la cama con los auriculares puestos y me quedé oyendo música el resto de la tarde. No entendía aún la gravedad del asunto. No supe que mi hermano se había roto el pie hasta esa noche, cuando por fin llegó mi papá a decírmelo. Que mi mamá había llamado del hospital, me dijo desde el umbral, que yo le había roto el pie a mi hermano. Pero si él intentó patearme, le dije en inglés a mi papá, aún recostado. Yo nada más me defendí de su patada, le dije. No fue mi culpa, le dije, aunque sabía muy bien que sí había sido mi culpa, que la culpa no tenía nada que ver con la patada de mi hermano, ni con defenderme, ni con su pie roto, sino con algo mucho más profundo y mitológico, con algo que sólo pueden entender dos hermanos. Mi papá seguía de pie en el umbral. No importa de quién fue la culpa, dijo. En su voz había más tristeza que furia, más decepción que dolor. Es su hermano, dijo en un susurro, y yo sólo me quedé viendo el lío de discos de vinilo esparcidos en el suelo. Pensé en decirle que yo no tenía un hermano, o que yo no quería un hermano, o que tal vez no lo quería a él como un hermano. Pero no dije nada. Mi papá suspiró recio y durante unos segundos pareció quedarse sin aire. Siéntese bien, me ordenó desde el umbral, y yo me enderecé en la cama con algo de miedo. Nunca antes me había pegado mi papá. Pero no sé por qué —quizás por su mirada medio perdida, quizás porque me lo tenía merecido— estaba seguro de que ésa sería la primera vez. Mi papá por fin entró al cuarto y empezó a caminar hacia mí entre todos los discos de vinilo en el suelo, despacio, demasiado despacio, como si realmente no quisiese caminar hacia mí, como postergando lo inevitable, hasta que llegó a pararse a mi lado y extendió una mano y yo me alisté para recibir una bofetada o un manotazo, pero sólo sentí que algo me cayó sobre el pecho.

Era la foto del niño en la nieve.

❊

Aquella noche, la noche que más debería haberme gritado, mi papá no me gritó. Y yo sólo lo escuché en silencio desde la cama, aunque sin dejar de pensar en el niño ahogado en el lago, en el niño flotando boca abajo cerca del muelle, en ese niño rubio y hermoso y de rostro impávido que yo ahora, acaso por segunda vez en mi vida, tenía entre las manos.

Mi papá, sentado en el borde de la cama, me dijo que nunca había conocido a su hermano Salomón. Me dijo que ya nadie en la familia sabía muchos detalles de la vida de Salomón, ni de su muerte, pues mis abuelos rara vez hablaron de él. Me dijo que su hermano había nacido en 1935, enfermo, aunque no se sabía enfermo de qué, realmente. Contaban que Salomón nunca pudo caminar muy bien, que nunca pudo hablar muy bien o que acaso nunca pudo hablar del todo, y que en un momento dado hasta paró de crecer. Por eso algunos le decían Chiqui, me dijo mi papá, porque se quedó chiquito. Otros le decían Selim, que es Salomón en árabe, y aún otros le decían Shlomo, que es Salomón en hebreo, su nombre en hebreo, derivado de la palabra shalom, que significa paz. Pero mi abuela siempre le dijo Solly. Los mejores doctores del país, me dijo mi papá, sin saber qué más hacer por el niño, les habían recomendado a mis abuelos mandarlo a una clínica en Nueva York. Una clínica privada, me dijo. Una clínica especializada, donde podrían tratarlo mejor. Me dijo que en 1940, entonces, mi abuela y Salomón zarparon desde Puerto Barrios en un barco llamado el *SS Antigua*, de la flotilla caribeña de la United Fruit Company, rumbo a Nueva York. Salomón tenía apenas cinco años, y mi abuela, una mamá joven, de veinticinco años, lo estaba llevando ella sola a Nueva York. Mi papá no sabía por qué no los había acompañado alguien más, por qué mi abuelo no había viajado con ellos. Me dijo que mi abuela repetidas veces le mencionó el nombre de aquel barco, que mi abuela nunca había olvidado el nombre de aquel barco, el *SS Antigua*, quizás porque ahí, en el mar, en la brisa del mar, en el vaivén del oleaje del mar, había pasado ella los últimos días con su hijo primogénito, con su hijo Salomón, antes de dejarlo para siempre en la clínica privada de Nueva York. Me dijo mi papá que ese edificio gris y nevado en la foto, atrás de su hermano, probablemente era la clínica, pero no podría asegurarlo, y que esa foto en mis manos probablemente la había tomado mi abuela misma, en el invierno de 1940, al despedirse para siempre de su hijo en Nueva York, pero que eso tampoco podría asegurarlo. Me dijo que, algún tiempo después de haber ingresado a la clínica en Nueva York, nadie sabía si meses o años, Salomón murió de su enfermedad. Estaba solo, me dijo. Sin ninguno de la familia a su lado. Aunque allá vivía la tía Lynda, me dijo, cerca de él, en Atlantic City, en Nueva Jersey, ella siempre insistió en que no se había enterado de su muerte hasta mucho después. Y lo enterraron en un cementerio general, me dijo, porque ninguno allá, en aquella clínica privada de Nueva York, sabía que él era judío, y lo enterraron entonces en un cementerio general, en un cementerio no judío, y junto a él también enterraron su nombre. Nadie en la familia volvió a llamarse Salomón. Como si ese nombre fuese una cosa viva que también había nacido enferma y viajado en un barco y muerto en una clínica privada de Nueva York. Y nadie en la familia volvió a hablar de Salomón, especialmente mi abuela. Me dijo que mi abuela quizás nunca hablaba de él porque su dolor de madre era insondable, o porque el silencio era parte de su luto, o porque nunca se perdonó a sí misma que su hijo hubiese muerto solo, que su hijo hubiese sido enterrado solo, sin los suyos, sin familia, sin rezos, sin kádish, sin shivah, en un cementerio no judío, en un cementerio cualquiera, acaso en una tumba genérica, sin fecha ni nombre. Me dijo que en hebreo existe una palabra para describir a una madre cuyo hijo ha muerto. Tal vez porque ese dolor es tan grande y tan específico que necesita su propia palabra. Sh'khol, se dice en hebreo, me dijo. Mi abuelo finalmente hizo un viaje a Nueva York en los años cuarenta o cincuenta, me dijo, para trasladar el cuerpo de Salomón a un cementerio judío. Y me dijo mi papá que eso era lo último que él sabía de su hermano, que eso era lo único que él sabía de su hermano. No sabía nada más. No sabía de qué enfermedad había muerto, ni en qué año había muerto. Ni siquiera sabía, me dijo, el nombre del cementerio judío en Nueva York donde estaba enterrado. Pero al menos sí conocía, me dijo, por esa vieja foto que yo aún tenía en las manos, por esa foto de él en la nieve, el rostro de su hermano.

Me desperté con la nuca tiesa, los brazos entumecidos, la espalda adolorida, todo mi cuerpo hecho un nudo en la hamaca del patio. Tenía encima un grueso poncho de lana gris. Supuse que alguien, durante la noche, me había encaminado a la hamaca y colocado encima ese grueso poncho de lana gris. Aún sentía en la boca el sabor a agua quemada. En la tenue luz del amanecer logré ver que las candelas eran ahora manchas de colores en el suelo del patio, alrededor de la efigie. En la fogata sólo quedaba un montículo de carbón y ceniza. El pote de jícara estaba vacío a la par de mis pies. También estaba vacía la silla de doña Ermelinda. Había desaparecido la cabeza decapitada del pavo.

Cerré los ojos y traté de recordar algo de la noche anterior. Pero mis recuerdos eran imágenes sueltas, caóticas, no sabía si reales o soñadas o imaginadas. Doña Ermelinda soplándome humo en la cara. Doña Ermelinda parada detrás de mí, sus manos huesudas sobándome la cabeza. Doña Ermelinda arrancando una flor blanca de florifundia y sosteniéndola fuerte sobre mi boca y nariz. Doña Ermelinda encendiendo únicamente las candelas negras, diciéndome que de las candelas negras no se habla. Doña Ermelinda riéndose con Maximón. Doña Ermelinda hablándole en su lengua a Maximón. Doña Ermelinda bailando desnuda con Maximón en los brazos. Doña Ermelinda diciéndome que debía tener un hijo, que mi vida era insensata sin un hijo. Doña Ermelinda sujetando un pequeño colibrí en la mano y frotándomelo por todo el cuerpo y diciéndome que eso me ayudaría a tener un hijo. Doña Ermelinda diciéndome o quizás recordándome que la memoria de un hijo se ennoblece a través de la música. Doña Ermelinda en cuclillas, orinando sobre los leños de la fogata. Doña Ermelinda sujetando hojas de tabaco en mi abdomen y presionando fuerte una herida en mi abdomen y diciéndome que había algo ahí dentro que me estaba matando. Doña Ermelinda y un anciano en sombrero de petate viéndome de cerca mientras susurraban en su lengua y luego me llevaban a la hamaca y me colocaban encima el poncho de lana. Doña Ermelinda haciendo un ruido como de lechuza y arrullándome en la hamaca y diciéndome que no olvidara mis sueños, que era importante recordar mis sueños la mañana siguiente, que en mis sueños lo entendería todo.

Me quité el poncho de encima y me puse de pie. Pero la madrugada estaba algo fría y entonces me volví a echar el poncho sobre los hombros y sólo me quedé viendo el suelo lleno de ceniza y cera derretida y manchas oscuras de sangre. Se me ocurrió que nunca supe qué hierbas o raíces había bebido la noche anterior, que la anciana me había entregado el brebaje en el pote de jícara sin decirme ni explicarme nada, y que ahora lo mejor era no saberlo. Alcé la mirada y entendí que doña Ermelinda ya no estaba en su casa. Probablemente se había marchado antes del amanecer, al monte, con su morral, a buscar hierbas. No sabía si pagarle algo, o si pagarle algo podría insultarla. Saqué unos billetes y los dejé en el suelo, a la par de la efigie, como una ofrenda a Maximón.

Salí del patio y el aire fresco de la madrugada me terminó de despabilar. No sentía cansancio, ni desvelo. Al contrario. Sentía como si estuviese viendo todo por primera vez, o por última vez. El rojo vivo de una buganvilia. Un martín pescador perchado en una rama de la araucaria, acaso alistándose para salir volando hacia el lago. El verde chispeante de la montaña aún empapada de lluvia. Una sola nube blanca y pequeña, como olvidada o perdida a medio cielo. En la distancia, detrás de un cayuco de madera que apenas avanzaba, el volcán entero abrigado y protegido por una ligera sábana de niebla. Pero al pie del volcán, a lo largo de toda la orilla del agua, los chalets abandonados me parecieron ahora las lápidas y cruces de un gran cementerio, y el lago un solo sarcófago.

Ajusté un poco el poncho sobre mis hombros y llegué caminando hasta la orilla. Quise meter las manos para lavarme la cara y la nuca, pero en la superficie del agua flotaba una costra verde de mugre y entonces sólo me quedé observando la inmensidad del lago, pensando en su quietud y bonanza, en su estoicismo y leyenda, en el esplendor que alguna vez fue. Aquí hay dragones, pensé o tal vez susurré, viendo hacia abajo y recordando la frase de los antiguos cartógrafos que, parados en la orilla de lo desconocido, al final del mundo, dibujaban dragones en sus mapas. Luego alcé la mirada y advertí que el cayuco de madera seguía acercándose a mí, aunque lento. Tardé un poco en comprender que sentado dentro de la vieja embarcación de madera había un niño moreno, delgado, de tal vez diez o doce años, y remaba hacia la orilla usando una raqueta de ping-pong.

Buenos días, me dijo cuando ya estaba cerca, sonriendo con algo de timidez. Se me ocurrió, viendo la raqueta roja y medio podrida en su mano, que en realidad había avanzado bastante rápido. La punta del cayuco de pronto se encaramó en el lodazal de la orilla, justo delante de mí. ¿Desayuno, don?, me preguntó el niño, y noté que en el suelo del cayuco, a la par de sus pies descalzos, había una hielera de duroport y un termo tipo escolar, de plástico negro. Me dijo que tenía tortillas con queso fresco, tortillas con frijol, tortillas con huevo frito. También llevo café, dijo aún sentado. Tenía puesta la camisola celeste de no sé qué equipo de fútbol. ¿A cuánto el café?, le pregunté y el niño me dijo que a tres quetzales, que las tortillas a cinco quetzales. Pues un café, por favor, le dije. El niño abrió la hielera, sacó un vasito de plástico y lo colocó sobre el asiento, a su lado. Luego desenroscó la tapa del termo y llenó el vasito con café. Muchas gracias, le dije, recibiendo el vaso y dándole un billete de diez quetzales. ¿Y una su tortilla, don?, me preguntó, y yo le dije que no gracias, mientras tomaba un sorbo. Era café de olla, algo ralo, pero estaba caliente y ácido y el vasito se sentía bien en mis manos. Muy sabroso, le dije, y el niño, aún sentado y jugando con el billete, sólo sonrió. ¿Tú mismo hiciste el café y las tortillas?, le pregunté. El niño meneó la cabeza con énfasis, como si la pregunta fuese ilógica. Mi mamá, susurró. Claro, tu mamá, repetí, y tomé otro sorbo de café. ¿Quiere ver mi gato, don?, me preguntó el niño, su mirada más abierta y más negra, y yo, mientras buscaba al animal en el suelo del cayuco, le dije que por supuesto. El niño levantó el brazo derecho y lo estiró y, flexionando su bíceps, soltó una risita de diablo. Le sonreí, imaginándome que ésa era la misma broma que les decía a todos los clientes, todas la mañanas. Le pregunté si él salía todas las mañanas a vender desayunos alrededor del lago. Casi, dijo. ¿Y vendes mucho? El niño bajó la mirada y recogió del suelo del cayuco algo que parecía un viejo bastón de hierro oxidado. A veces, susurró. ¿Y la escuela?, le pregunté, pero el niño sólo alzó los hombros. ¿No vas a la escuela?, le pregunté. A veces, dijo de nuevo, guardando el billete en la bolsa de su pantalón de lona y sacando unas monedas. No hace falta, le dije, quédate con el cambio. El niño frunció la frente como si no entendiera, como si la matemática no le cuadrara, pero luego me dijo que gracias, y se puso de pie. Estiró el bastón de hierro hasta clavarlo en el lodo de la orilla y se empujó fuerte hacia atrás. El cayuco, lentamente, se fue soltando del fango.

¿Usted no es de por aquí, verdad, don?, me preguntó ya sentado y remando hacia atrás con la raqueta roja. Yo me ajusté el poncho en los hombros y tomé un sorbo caliente de café. A veces, le dije sonriendo. El niño me sonrió de vuelta, grande, sin dos o tres dientes.

Me quedé quieto en la orilla, bien envuelto en el poncho de lana, el café humeando en mis manos, viendo cómo el niño se alejaba hacia el centro del lago con sólo la ayuda de una pequeña raqueta roja, su cayuco partiendo las aguas y dejando atrás una mínima estela. El lago ante mí de pronto ya no era tan inmenso, ni tan estoico, ni tan verde. Percibí una sensación en el pecho que se parecía mucho a la euforia, una euforia que se parecía mucho al dolor. Y antes de pensarlo, antes incluso de darme cuenta, ya había dado yo un par de pasos hacia delante. Sentí el agua helada en mis zapatos, mojándome los calcetines y pantalones. Sentí el suave oleaje en mis tobillos, en mis rodillas, meciéndome entero. Seguí caminando hacia delante, entrando en la estela del cayuco, y entrando aún más, y hundiéndome un poco más, y pensando todo el tiempo en los niños que en esas mismas aguas habían dejado su vida, en los niños que habían entrado al lago y bajado hasta el fondo y permanecido ahí para siempre, en los niños que eran ya hijos de nadie y hermanos de nadie, en los niños cuyas sombras de niño caminaban ahora conmigo, todos ellos juntos, y todos ellos reyes del lago, y todos llamados Salomón.

«Si nunca has llorado y quieres, ten un hijo.»
DAVID FOSTER WALLACE

Desde LIBROS DEL ASTEROIDE queremos agradecerle el tiempo
que ha dedicado a la lectura de *Duelo*.
Esperamos que el libro le haya gustado y le animamos
a que, si así ha sido, lo recomiende a otro lector.

Al final de este volumen nos permitimos proponerle
otros títulos de nuestra colección.

Queremos animarle también a que nos visite
en www.librosdelasteroide.com y en www.facebook.com/librosdelasteroide,
donde encontrará información completa y detallada sobre todas nuestras
publicaciones y podrá ponerse en contacto con nosotros
para hacernos llegar sus opiniones y sugerencias.
Le esperamos.

«Una valiente reflexión sobre la intolerancia religiosa y sobre la salvación, en su doble sentido, divino y secular.»
Matías Néspolo (El Mundo)

«*Monasterio* habla de la identidad y de la memoria, y de que los cuerpos son álbumes de recuerdos y territorios de aventuras. La literatura del guatemalteco Halfon siempre deja el efecto de una ramificación asombrosa (...), está encadenando una gran novela personal, al ofrecer en todos un final abierto, como un 'continuará' permanente con el que crea el puzzle insólito de su familia.»
Adolfo García Ortega (El Norte de Castilla)

Premio Roger Caillois
Finalista del premio Setenil
Finalista del premio Hispanoamericano de Cuento Gabriel
 García Márquez
Finalista del premio Cálamo

«*Signor Hoffman* describe la vida, al menos una parte de
 ella porque nada es definitivo ni completo, porque ya no
 hay certezas y porque vivimos instalados en la paradoja.
 Lo importante para algunos —probablemente para el
 autor— es solo escribir, dar testimonio, aunque sea de
 forma precaria. Con este nuevo libro Eduardo Halfon
 consigue hacer sentir al lector todo eso e implicarlo
 hasta herirlo como solo saben los grandes.»
 Ascensión Rivas (El Cultural)

«Los cuentos de este libro, extrañamente magníficos,
 escritos con una prosa bien destilada, de una emotiva
 sencillez, se dirían variaciones que proponen la dificultad
 de agotar los temas universales.»
 Francisco Solano (Babelia)